Un sommeil de plomb

R.L. STINE

R.L. Stine est né en 1943, à Bexley, dans la banlieue de Columbus, Ohio. Fils aîné d'une famille modeste, il découvre une vieille machine dans son grenier et décide d'écrire son premier recueil d'histoires drôles. Diplômé de l'université d'Ohio, il part en 1967 pour New York dans l'espoir de s'y voir consacrer écrivain. Il sera d'abord rédacteur en chef du magazine humoristique pour enfants Bananas. *Un an plus tard, il y rencontre sa femme, Jane, avec qui il aura un fils, Matt.*

Il décide alors de se lancer dans un genre nouveau : les livres d'épouvante pour les jeunes. Il connaît un énorme succès et chacun de ses livres est un best-seller. Quand on lui demande d'où lui viennent ses idées, il répond s'inspirer du mode de vie et du langage de son fils, auxquels il mêle les frayeurs du petit garçon qu'il était. Il vit depuis plus de vingt ans à Manhattan où il écrit tous les jours dans son appartement près de Central Park.

R.L. Stine

Un sommeil de plomb

Traduit de l'américain
par Nathalie Vernay

J'AI LU

Titre original :
FEAR STREET™ – THE SLEEPWALKER
This edition published by arrangement with the
original publisher, Pocket Books,
a division of Simon & Schuster Inc., New York

PROLOGUE

Mayra semblait glisser au-dessus de l'herbe. La brise de la nuit faisait voler ses longs cheveux cuivrés autour de son visage d'une pâleur lunaire. Sa chemise de nuit blanche flottait au vent, sans un bruit.

Elle avançait sans effort, les yeux à demi fermés. Ses pieds nus semblaient à peine effleurer les hautes herbes.

Des crapauds se mirent à coasser en chœur, mais elle ne perçut pas leur chant. Puis ils se turent aussi vite qu'ils avaient commencé. Dans le silence, on n'entendit plus que la respiration bruyante et irrégulière de Mayra. Ce sifflement seul prouvait qu'elle était de chair et d'os, pas une apparition.

Elle marcha jusqu'à la haie, pivota d'un coup sec comme guidée par un radar intérieur.

Elle poursuivit son chemin dans l'ombre des arbustes. Avec ses longs cheveux roux, sa peau laiteuse et la chemise de nuit immaculée flottant autour d'elle, on aurait dit un de ces immenses portraits qu'on voit dans les musées.

Quand elle ouvrit enfin les yeux, elle ne savait pas où elle était.

Ses pieds étaient mouillés de rosée et, malgré la chaleur de la nuit, elle tremblait de tous ses membres.

Puis elle s'aperçut qu'elle était en chemise, dehors.

Mais où ?

J'ai fait un rêve bizarre, se dit-elle.

Tout à coup, la maison surgit devant elle ; on aurait dit qu'elle flottait sur l'herbe elle aussi.

Je suis devant chez moi. En chemise de nuit.

Des nuages noirs passèrent devant la lune ronde. Autour de Mayra, les ombres pâlirent et se mirent à bouger.

Elle prit conscience qu'elle avait froid, pas à cause du vent, mais parce qu'elle avait peur.

Elle regarda la maison qui lui parut plus grande, plus sombre que d'habitude. Il n'y avait pas de lumière aux fenêtres. Tout le monde dormait, à l'intérieur.

Personne n'aurait imaginé qu'elle se trouvait dehors, pieds nus dans l'herbe froide et trempée.

Comment suis-je arrivée là ? se demanda-t-elle. Est-ce que je dors ? Est-ce que je suis éveillée ? Qu'est-ce qui m'arrive ?

1

Une semaine auparavant

Mme Barnes bâillait à s'en décrocher la mâchoire.

— C'est incroyable ! Je suis encore plus fatiguée quand je me lève que quand je me couche ! dit-elle en posant une assiette d'œufs brouillés devant Mayra.

Elle portait sa blouse blanche d'infirmière. La couture de ses bas était un peu de travers, mais Mayra ne le lui fit pas remarquer. Elle jeta un coup d'œil à son assiette et grimaça.

— Pourquoi est-ce que tu me fais manger des œufs brouillés si tôt le matin, hein ?

— On dirait du vomi, ajouta Kim, la petite sœur de Mayra, avec la sincérité propre aux enfants d'une dizaine d'années.

— Ne dis pas des choses comme ça à table, s'il te plaît, dit Mme Barnes en bâillant de plus belle. Même si c'est vrai.

— Mais ça ressemble vraiment à du vomi, insista Kim. Pourquoi est-ce que je n'aurais pas le droit de le dire ?

— Tu as besoin d'un bon petit déjeuner, fit Mme Barnes à Mayra, sans prêter attention à Kim. Tu commences ton travail d'été ce matin, il faut que tu fasses le plein d'énergie.

— Oui, c'est ça, un petit peu de cholestérol pour la

route. Merci beaucoup, docteur Nancy ! dit Mayra en regardant ses œufs d'un air dégoûté.

— Docteur Nancy ! Docteur Nancy ! répéta Kim, que l'expression semblait beaucoup amuser.

Le problème, quand on a une. mère infirmière, pensa Mayra, c'est qu'on est toujours obligé d'avoir une alimentation saine et équilibrée !

Mme Barnes but une gorgée de café.

— Oh non ! Zut ! s'exclama-t-elle en voyant qu'elle venait de faire une tache de café sur sa blouse blanche.

Elle courut à l'évier pour mettre de l'eau sur la tache.

Mayra versa une bonne livre de sel sur ses œufs ; finalement, ils étaient mangeables.

— Je n'arrive pas à croire que je vais travailler aujourd'hui. Tu parles d'un été !

— Tu parles d'un été ! singea Kim, la bouche pleine de corn flakes.

— Arrête de répéter tout ce que je dis.

En guise de réponse, Kim ouvrit tout grand la bouche, offrant à sa sœur un spectacle peu ragoûtant de céréales mâchouillées.

— Moi, je n'arrive pas à croire que tu aies réussi à avoir ce boulot, pour commencer, ajouta Mme Barnes, qui frottait toujours sa tache.

— La confiance règne ! s'exclama Mayra.

— Mais non, ce n'est pas ce que je voulais dire. Je n'aurais jamais cru que Mme Cottler t'embaucherait, à cause de moi. Tu sais, c'est moi qui m'occupais d'elle quand elle était à l'hôpital l'année dernière. Ah, quelle plaie, cette femme !

Elle reprit une gorgée de café, en faisant très attention à ne plus en renverser.

— Mme Cottler se plaignait sans arrêt, de l'hôpital, de moi. Quoi que je fasse, rien n'allait. Un jour, elle a même appelé mon chef pour lui dire que j'étais la pire des infirmières qu'elle ait jamais rencontrée et que j'essayais de la tuer. Tu imagines ?

Non, Mayra n'imaginait pas. Elle savait à quel point sa mère aimait son travail et faisait tout son possible pour aider les patients. Depuis que son mari était parti, rien ne comptait plus pour Mme Barnes que son métier, à l'exception de ses deux filles, bien sûr.

— Alors quand tu m'as dit que tu t'étais présentée pour travailler chez Mme Cottler, j'ai pensé que tu n'aurais aucune chance, continua-t-elle. Elle ne sait certainement pas que tu es ma fille.

Mayra laissa tomber sa fourchette. Elle avait un poids sur l'estomac.

— Tu veux dire que c'est une vieille mégère ? Pourquoi tu m'as laissée aller travailler chez elle, alors ? Tu aurais quand même pu me le dire avant !

— Je suis sûre qu'elle sera très gentille avec toi, dit précipitamment Mme Barnes, regrettant d'avoir parlé à Mayra du séjour à l'hôpital de la vieille dame. Tu m'as dit que tu l'avais trouvée sympa, la première fois que tu l'as vue, non ?

— Oui... Elle était très sympa, fit Mayra.

— Et en plus elle te donne un bon salaire, continua Mme Barnes en rinçant sa tasse dans l'évier. Je veux dire, cinq dollars de l'heure juste pour faire un peu de ménage, lui préparer à manger et lui lire des histoires l'après-midi, c'est quand même bien ! Tu as une sacrée chance !

— Oui, c'est possible, murmura Mayra.

Elle avala d'un trait son verre de jus d'orange, et repoussa du revers de la main son assiette à moitié pleine.

— Tu sais, nous avons vraiment besoin de cet argent, Mayra. Ton père ne nous donne pas un sou, et je ne sais même pas où il est.

Le visage de Mme Barnes s'assombrit ; tout à coup, elle faisait plus que trente-neuf ans.

— Et moi, pourquoi je ne peux pas travailler ? demanda Kim.

De véritables flaques de lait s'étalaient autour de son bol. Mayra, quant à elle, faisait toujours attention à ne pas laisser tomber une miette. Kim était tout le contraire de sa sœur.

— Mais tu as beaucoup de travail, toi aussi, pour devenir une gentille petite fille ! la taquina Mayra.

— Qu'est-ce que tu es bête, répondit Kim.

Un coup de klaxon retentit dans la rue.

— C'est ton bus pour le centre aéré, fit Mme Barnes en se précipitant sur le pas de la porte pour faire signe au chauffeur que Kim arrivait. Tu as bien pris ton sac ? Tu n'as rien oublié ?

— Non, maman ! dit-elle en se dirigeant vers la porte, son sac à la main et pieds nus.

— Euh... tu ne crois pas que tu risques d'avoir besoin de tes chaussures ?

Kim grimpa dans le bus et Mme Barnes revint à la cuisine, où Mayra était en train de faire la vaisselle après avoir jeté le reste d'œufs brouillés.

— Bon, il faut que j'y aille, dit Mme Barnes en rajustant ses bas. Et toi, tu es prête pour le travail ?

— Pas après ce que tu m'as raconté ! s'exclama Mayra. Mme Cottler va me traiter comme une esclave. Elle va m'attacher et me forcer à récurer sa cheminée avec une brosse à dents, ou quelque chose du genre !

— Tu as une imagination débordante, ma fille. Je n'aurais jamais dû te parler de Mme Cottler, j'avais oublié à quel point tu te fais du cinéma. Tu vois toujours les choses dix fois pires qu'elles ne le sont en réalité.

— Eh bien ! C'est ce que tu penses de moi ? fit Mayra, un peu vexée.

Mme Barnes l'embrassa sur le front pour se faire pardonner, prit son sac et se dirigea vers la porte.

— Tu veux que je te dépose ?

— Non, merci. Je préfère marcher. Brûler les calories que tu m'as fait avaler avec ces œufs !

— Au fait, Mme Cottler habite à Fear Street, non ? Tu es bien courageuse, ce matin !

— Oui, elle habite près du lac. Mais ça m'est égal d'aller à Fear Street en plein jour, je n'ai pas peur, dit Mayra. Qu'est-ce qui pourrait bien m'arriver, de toute façon ?

2

— Oh, non ! Mon collier ! s'écria Mayra.

Hazel, le chat noir de Mme Cottler, venait de faire tomber le collier de Mayra, dont les perles se répandirent sur le sol de la cuisine. Le chat, effrayé, sortit à toute vitesse.

— Qu'est-ce qui se passe, Mayra ? demanda Mme Cottler depuis la salle à manger.

— Oh, ce n'est rien, c'est juste mon collier qui vient de se casser.

Mayra se mit aussitôt à quatre pattes pour ramasser ses perles. Elle aimait beaucoup ce collier. Walker, son nouveau petit ami, le lui avait offert la veille de son départ en vacances avec ses parents. Les perles étaient en verre bleu clair ; on aurait dit de l'opale. Elle avait promis à Walker qu'elle le porterait tous les jours et qu'elle penserait à lui chaque fois qu'elle le regarderait. Mais maintenant...

Mme Cottler entra dans la cuisine.

— Oh, ton collier est cassé, fit-elle. Je peux t'aider ?

— Non, merci, ça ira, je crois que j'ai ramassé toutes les perles, répondit Mayra en se relevant.

— Je peux te le réparer, si tu veux, dit Mme Cottler.

Elle tendit les mains ; Mayra remarqua qu'elles étaient tellement lisses qu'on n'aurait jamais dit des mains de vieille femme. Avec sa peau blanche à peine ridée, sa bouche rouge foncé et ses cheveux noirs, Mme Cottler paraissait beaucoup plus jeune que son âge, d'autant qu'elle portait des vêtements fleuris et des couleurs gaies. Seule sa canne laissait à penser qu'elle était assez âgée.

— Non, je vous remercie, ça ira, fit Mayra.

— J'insiste, Mayra, ça me ferait plaisir de te le réparer. S'il te plaît, donne-le-moi. Il faut bien que j'occupe mes vieilles mains !

L'air hésitant, Mayra tendit les perles à Mme Cottler, qui la remercia avec un grand sourire avant de retourner à la salle à manger.

— Ressers-moi un peu de soupe, s'il te plaît, et viens finir de manger avec moi, dit la vieille dame.

C'était le troisième jour que Mayra travaillait chez Mme Cottler, un mercredi. Au grand soulagement de la jeune fille, elles s'entendaient très bien toutes les deux. Mme Cottler avait tendance à être un peu lunatique et à se répéter, mais elle était très gentille avec Mayra. Elle lui faisait sans cesse des compliments, elle lui disait qu'elle était jolie, qu'elle avait des cheveux magnifiques, qu'elle lisait bien, et qu'elle faisait bien la cuisine.

— Mais vous savez, ce n'est que du bouillon de poulet tout prêt, protestait Mayra, gênée par ces compliments qu'elle trouvait exagérés.

— Les repas les plus simples sont les meilleurs, tu ne trouves pas ? disait alors la vieille dame en souriant.

En fin de compte, ce travail est assez agréable, pensait Mayra en regardant le lac entouré par la forêt de Fear Street. Tiens ! On dirait que quelqu'un est en train de nager ! Elle plissa les yeux pour mieux voir, mais non, il n'y avait personne. Son imagination lui jouait des tours, comme d'habitude !

Après le repas, Mme Cottler s'allongeait quelques instants sur le canapé du salon pendant que Mayra faisait la vaisselle. Elle ne dormait jamais plus d'une heure, mais cela permettait à Mayra de regarder un peu la télévision, de penser à Walker et d'explorer la maison.

Pour une maison de vieille dame, les meubles étaient très modernes : canapés et chaises en cuir et acier chromé, table basse en verre, sans parler des étagères de livres qui allaient du sol au plafond. Mme Cottler adorait lire. Mais avec l'âge, la lecture lui fatiguait les yeux ; c'est pourquoi elle aimait que quelqu'un d'autre lui lise ses livres.

Ce qui surprenait surtout Mayra, c'était le nombre impressionnant de bibelots. Il y en avait sur les tables, sur le rebord des fenêtres, sur les meubles ; certains étaient disposés sur de petites étagères en verre, à côté des livres. Il y avait de magnifiques vases colorés, des sculptures anciennes, de drôles de petits personnages en porcelaine, des pots remplis de coquillages, de plumes ou de fleurs de toutes les couleurs, des chats et des oiseaux gravés sur du bois ou de la pierre, une paire de gants blancs minuscules piqués de taches brunes, des lunettes, un monocle, un pied de coq en faïence, des gravures avec des croissants de lune, une chouette blanche empaillée...

Mayra essayait d'imaginer pourquoi Mme Cottler conservait tous ces objets. Mais elle ne voyait pas ce que faisait une petite souris empaillée sur le piano, à côté d'un masque de cochon en papier mâché et d'une figurine en bronze représentant un homme avec un seul bras.

— Quelle collection de bibelots ! s'était exclamée Mayra le premier jour où elle avait pris son service chez Mme Cottler.

— Ce ne sont que des babioles, avait souri la vieille dame en hochant la tête. Des ramasse-poussière de mémé.

Chaque fois que Mayra essayait d'en savoir un peu plus long, Mme Cottler changeait de sujet.

— C'est l'heure de notre promenade, disait-elle.

Chaque après-midi, elles allaient faire une petite balade au bord du lac. Mme Cottler s'aidait toujours de sa canne, et il lui arrivait même parfois de prendre Mayra par le bras. Elle marchait avec difficulté, mais elle n'aurait manqué cette sortie quotidienne pour rien au monde.

Curieusement, c'était le moment de la journée que Mayra aimait le moins. Elle avait beau se dire que ça ferait du bien de sortir de la vieille maison, de prendre l'air et de profiter du soleil, elle se sentait toujours angoissée et mal à l'aise. Chaque fois qu'elle regardait le lac, elle se mettait à frissonner, même lorsqu'il faisait très chaud.

Ce jour-là, Mayra prit Mme Cottler par le bras pour l'aider à contourner une touffe de hautes herbes qui gênait le passage. Elle se rendit compte que la vieille femme avait l'air perdu, hagard.

— Mme Cottler, quelque chose ne va pas ?

Les yeux rivés sur le lac, Mme Cottler sembla ne pas entendre la question.

— C'est ici que j'ai perdu Vincent, murmura-t-elle.

— Vincent ?

— Mon fils. Il avait à peine trois ans. Il a couru et il est tombé dans le lac. Il ne savait pas nager.

Elle détourna la tête et poussa un soupir.

— Parfois, j'ai l'impression que je le vois jouer au bord de l'eau. Après toutes ces années... dit-elle en serrant davantage le bras de Mayra.

— Quand est-ce que c'est arrivé ? demanda Mayra.

Mme Cottler ne répondit pas. Elle resta silencieuse pendant un bon moment, puis elle finit par faire demi-tour.

— Allez, rentrons. C'est l'heure de la lecture.

Mme Cottler voulait que Mayra lui lise *Nicholas Nickleby* de Charles Dickens. C'était un véritable pavé.

Mayra pensait qu'il lui faudrait l'été entier pour en venir à bout. À l'école cette année-là, on leur avait demandé de lire *Les Grandes Espérances* de Dickens ; elle n'avait pas détesté, mais ce n'est pas du tout le genre de livre qu'elle aurait choisi de lire en temps normal. Elle fut donc surprise de voir qu'elle aimait bien l'histoire de *Nicholas Nickleby,* qui était assez drôle, en fait.

Mme Cottler s'assit bien droite sur le canapé en cuir ; elle écoutait Mayra en caressant Hazel, qui semblait lui aussi suivre l'histoire. De temps à autre, Mme Cottler fermait les yeux. Mayra ne put déterminer si la vieille dame dormait ou non, alors elle continua de lire comme si de rien n'était.

À part le ronronnement du chat, la voix de Mayra et le tic-tac de l'horloge en bronze, il n'y avait pas un bruit dans la maison.

— Mayra, j'ai un peu froid, dit soudain Mme Cottler.

Mayra sursauta ; elle croyait la vieille dame assoupie.

— Tu veux bien monter dans ma chambre et me ramener un pull, s'il te plaît ? Ils sont dans ma commode.

— Oui, bien sûr, répondit Mayra en refermant le livre.

— J'ai du mal à monter les escaliers, maintenant, ajouta Mme Cottler. Ce sont mes jambes. Je serais en pleine forme si ces vieilles jambes voulaient encore me porter.

Mais si, elle est en pleine forme, se dit Mayra en montant l'escalier. Elle a une peau tellement jeune, presque sans rides. Je voudrais bien savoir comment elle fait.

Mayra avança dans le long couloir sombre jusqu'à la chambre de Mme Cottler. Elle regarda autour d'elle. Les murs de la chambre étaient tapissés de papier bleu nuit parsemé de minuscules étoiles blanches qui semblaient scintiller. Il y avait deux commodes côte à côte, de l'autre côté de la pièce.

Où se trouvaient les pulls ?

Mayra ouvrit le premier tiroir de la commode de droite.

— Oh ! Comme c'est bizarre...

Le tiroir était plein de bougies noires, de dizaines de grandes bougies noires.

Mayra en prit une et la renifla ; elles avaient une drôle d'odeur âcre, une odeur de moisi et de renfermé. La cire était lisse et dure sous les doigts de Mayra ; la mèche était noire elle aussi, comme la cire.

C'est vraiment étrange, se dit Mayra en en prenant une autre. Pourquoi Mme Cottler avait-elle des bougies noires ? Et pourquoi les cachait-elle dans un tiroir de sa commode ?

Un cri perçant déchira le silence. Surprise, Mayra laissa tomber les bougies qu'elle tenait.

Le cœur battant, elle se retourna et vit Hazel qui la fixait de ses yeux verts.

— Oui, oui, Hazel, j'arrive, ce n'est pas la peine de faire un raffut pareil.

Elle rangea les bougies noires dans la commode, trouva un pull dans le tiroir du dessous et s'empressa de l'emporter à Mme Cottler. Pendant tout ce temps, elle avait senti que Hazel ne l'avait pas quittée des yeux, il avait l'air de lui reprocher d'avoir regardé là où elle n'aurait pas dû. On aurait dit qu'il l'accusait. Ou qu'il la mettait en garde...

3

Mayra dit au revoir à Mme Cottler et sortit en fermant la porte derrière elle. Elle respira profondément et leva les yeux vers le ciel. De gros nuages noirs cachaient le soleil. Il faut que je me dépêche de rentrer avant qu'il se mette à pleuvoir, pensa-t-elle.

Elle alluma son Walkman, le régla sur sa station de radio préférée et descendit le chemin pavé qui menait jusqu'à la rue. Elle ne cessait de penser au chat, à son regard étrange et au hurlement qu'il avait poussé quand il l'avait vue avec les bougies noires. Allez, ça suffit, Mayra ! Ton imagination débordante est encore en train de te jouer des tours ! Elle pressa le pas, essayant de se concentrer sur la musique pour oublier ses préoccupations.

Pense à tout l'argent que tu vas gagner cet été, se dit-elle. À tout ce que tu pourras t'acheter avant la rentrée sans te sentir coupable.

Elle se mit à marcher au rythme de la musique. Elle ne pensait plus à rien et commençait à se sentir bien, portée par le tam-tam continu de la batterie.

Soudain, le visage de son père lui traversa l'esprit comme un éclair. Depuis combien de temps ne l'avait-elle pas vu ? Plus d'un an, en tout cas. Elle se demanda s'il avait changé, s'il avait vieilli. Pourquoi ne leur donnait-il pas de nouvelles ?

Parce qu'il s'en fiche, se dit-elle. Parce qu'il se fiche complètement de nous. C'est pour ça qu'il est parti.

Elle s'en voulut de cette rancœur excessive.

Elle se força à penser à quelque chose d'agréable. Walker. Elle n'aurait pas cru qu'il lui manquerait autant. Il était parti en vacances dans l'ouest des États-Unis pour deux semaines. Deux longues semaines. Elle se rappelait la veille de son départ. Ces baisers si longs, si tendres...

Elle se remit à marcher en rythme et augmenta le volume : plus la musique serait forte, moins elle penserait à ce qui l'angoissait.

— Laisse-toi aller, dit-elle à haute voix. Laisse-toi aller, c'est tout.

Elle était sur le point de tourner à Fear Street lorsqu'une main se posa sur son épaule.

Elle sursauta, retira ses écouteurs et fit volte-face.

— Link ! Qu'est-ce qui te prend de me faire peur comme ça ?

Il sourit.

— Ça fait un moment que je t'appelle.

— Je ne t'ai pas entendu, j'avais mon Walkman, dit-elle en éteignant l'appareil. Mais qu'est-ce que tu fais par ici, Link ?

Il la dévisageait de ses grands yeux sombres et rieurs, puis rejeta ses longs cheveux noirs en arrière. Il portait un bermuda en jean délavé et un débardeur bleu. Ce n'était que le début de l'été, mais il était déjà bronzé.

Bon d'accord, pensa Mayra. Il est vraiment très beau. Le problème, c'est qu'il le sait.

— Je... je voulais juste te parler, Mayra.

— Non, Link. Moi je n'ai pas du tout envie de te parler.

Elle fit demi-tour et s'éloigna. Elle avait du mal à croire qu'elle pouvait être aussi froide, aussi méchante envers lui, mais avait-elle le choix ? Elle avait décidé de rompre un mois plus tôt, et lui, il continuait à la suivre comme un petit chien.

— Je crois que nous n'avons plus rien à nous dire, lança-t-elle sans se retourner.

Il courut pour la rattraper, la prit par le bras.

— Moi, j'ai encore des choses à te dire.

— Alors, écris-moi, coupa-t-elle, étonnée elle-même de tant de dureté.

Elle dégagea son bras.

— Laisse-moi, Link. Écoute, je suis désolée. Je ne veux pas te faire de peine. Mais c'est fini. Je sors avec Walker maintenant. Il faut que tu me laisses tranquille.

— Mais, Mayra...

Il lui lança un de ses regards suppliants qui la faisaient fondre, avant. Maintenant, elle trouvait qu'il avait l'air un peu bête.

Comment est-ce que j'ai pu être aussi amoureuse de lui ? se demanda-t-elle. Il est si superficiel.

— Je voudrais juste qu'on aille s'asseoir quelque part pour discuter un peu. Je suis sûr que tout pourrait s'arranger, continua-t-il en courant au-devant d'elle pour lui barrer le passage.

Il ressemble vraiment à Stéphanie, sa sœur, pensa soudain Mayra. Ils pourraient être jumeaux. Ils ont les mêmes cheveux noirs, les mêmes traits, le même caractère. Ils sont tellement vifs, tellement rapides, qu'on dirait toujours qu'ils sont en train de faire la course.

— Il n'y a rien à arranger, Link. Laisse tomber, fit Mayra du ton le plus exagéré possible.

Depuis leur rupture, il la bombardait de coups de téléphone et il la suivait partout.

— Écoute, Link, j'ai travaillé toute la journée, je suis fatiguée et je veux arriver chez moi avant qu'il pleuve, d'accord ?

— Mais... toi et moi, c'est beaucoup plus important que trois gouttes de pluie, non ?

Ce qu'il est prétentieux ! pensa Mayra.

— Il n'y a plus de toi et moi. Je te l'ai dit, maintenant je sors avec Walker.

— C'est un imbécile.

— Un quoi ? Écoute-moi bien : pour l'instant, l'imbécile, c'est toi. Laisse-moi tranquille, laisse-moi rentrer chez moi !

Il s'arrêta puis la suivit de nouveau.

— Mayra... si seulement tu me donnais encore une chance...

— À un de ces jours ! cria-t-elle avant de commencer à courir.

— Tu vas le regretter ! lança Link, plus triste que fâché. Tu vas le regretter, Mayra !

Quand elle se retourna, il était parti.

4

— Allez, viens ici, Hazel, dit Mme Cottler au chat. C'est l'heure de la lecture.

Obéissant, Hazel sauta sur le canapé à côté de sa maîtresse, ce qui la fit sourire.

— Tu peux commencer, Mayra. Ah ! Qu'est-ce que j'aime ce livre ! Il faut dire que tu lis très bien.

— Merci, Mme Cottler.

Mayra ouvrit le livre et feuilleta les pages pour retrouver le quatrième chapitre. Au moment où elle allait commencer, quelqu'un frappa à la porte.

— Qui ça peut bien être ? fit Mme Cottler en se levant avec difficulté. Oui ! Une minute, j'arrive ! ajouta-t-elle alors qu'on venait de frapper une seconde fois.

Mayra ouvrit. Un homme d'une bonne quarantaine d'années, le visage cramoisi et le crâne dégarni, attendait sur le seuil ; il la dévisagea d'un air mauvais. Malgré la chaleur, il portait un costume en flanelle gris. Il s'épongea le front avec un mouchoir mouillé. Mayra remarqua qu'il tenait une pêche dans l'autre main.

— Où est Mme Cottler ? maugréa-t-il sans même dire bonjour à Mayra.

— J'arrive, j'arrive, fit Mme Cottler. C'est encore vous, M. Propre ?

— M. Probe, pas Propre ! rectifia-t-il d'un ton agacé, le visage de plus en plus rouge.

— Qu'est-ce que vous voulez encore, M. Propre ?

Il leva les yeux au ciel et mit la pêche qu'il tenait sous le nez de Mme Cottler.

— À votre avis ? rugit-il.

— Ah, non ! Pas encore cette histoire de pêches ? Je vous ai déjà dit que je ne peux rien y faire.

Mayra recula d'un pas. Ce M. Propre, ou Probe, peu importe, devenait de plus en plus désagréable.

— Il faut bien que vous fassiez quelque chose ! C'est au moins la sixième fois que je vous le demande, et c'est la dernière. Ce n'est quand même pas ma faute si vos pêches tombent dans mon jardin, non ?

— Eh bien, vous n'avez qu'à les manger ! lança Mme Cottler. Ferme la porte, Mayra.

— Mais je ne peux même pas tondre le gazon ! Je ne peux même pas marcher dans mon jardin tellement il y a de pêches par terre ! hurla-t-il.

— Et moi je ne peux pas empêcher les pêches de tomber de l'arbre !

Les yeux de la vieille femme brillaient ; Mayra eut l'impression que la colère du voisin l'amusait beaucoup.

M. Probe fit demi-tour en râlant.

— Puisque c'est comme ça, je vais le couper, votre arbre !

Furieux, il jeta la pêche, qui s'écrasa par terre.

— Voyons, calmez-vous, M. Propre, fit Mme Cottler d'un ton doucereux. Vous n'allez pas couper cet arbre. Et puis, ne vous énervez pas comme ça... Avec cette chaleur, il pourrait vous arriver quelque chose...

Il lança un juron puis repartit chez lui d'un pas décidé.

— Ah, quelle plaie, cet homme ! soupira Mme Cottler, plus pour elle-même que pour Mayra. Quelle plaie ! Ferme la porte, s'il te plaît.

Mayra s'avança pour fermer la porte, puis s'arrêta.

— Oh, regardez ! Il a laissé tomber son mouchoir, dit-elle en se baissant pour le ramasser. Est-ce que je dois aller le lui rapporter ?

Le visage de Mme Cottler s'illumina. Elle souriait, l'air ravi.

— Non, non, Mayra. Ce n'est pas la peine, donne-le-moi.

Elle prit le mouchoir des mains de Mayra et le glissa dans la poche de sa jupe, puis elle alla se rasseoir sur le canapé.

— S'il veut son mouchoir, qu'il vienne le récupérer. Lisons notre histoire, maintenant.

Pendant qu'elle lisait, l'esprit de Mayra vagabondait. Elle pensait à Walker, qui allait rentrer de vacances le samedi suivant. Elle se demandait s'il pensait à elle.

Elle essaya de lui envoyer un message par télépathie tout en continuant de lire. Elle s'imagina son visage, ses courts cheveux blonds, ses yeux bleus, son sourire timide.

Je pense à toi, Walker, je pense fort à toi. Et toi, est-ce que tu penses à moi ?

Il serait fier de moi, se dit-elle. Walker était passionné par la magie ; il voulait même en faire son métier. Il s'intéressait beaucoup à la télépathie et aux dons de double vue.

Mayra, quant à elle, n'y croyait pas beaucoup. Mais depuis qu'elle sortait avec Walker, il lui avait appris beaucoup de choses. Il serait content de savoir que j'essaie de communiquer avec lui de cette façon, se dit-elle.

Soudain, elle réalisa que Mme Cottler lui parlait.

— Euh... pardon ? Je suis désolée, j'étais tellement prise par l'histoire que je ne vous ai pas entendue.

— Ça ne fait rien. Tu lis vraiment très bien, dit Mme Cottler en caressant Hazel. Je suis contente de voir que tu aimes aussi ce livre. Mais je suis un peu fatiguée, aujourd'hui. Je crois que c'est la chaleur. Tu veux bien m'aider à monter dans ma chambre, s'il te plaît ?

— Oui, bien sûr.

Mayra posa aussitôt le livre et se dirigea vers la vieille dame pour l'aider.

— Tu peux rentrer chez toi, si tu veux. Je vais faire la sieste.

Mayra accompagna Mme Cottler jusque dans sa chambre, lui dit au revoir puis redescendit les escaliers. Elle se demandait si Walker avait reçu son message télépathique ou non. Elle replaça le livre sur l'étagère et s'aperçut au moment de partir que la canne de Mme Cottler était restée à côté du canapé.

Elle décida de la lui monter dans sa chambre. Elle était presque en haut de l'escalier quand Hazel apparut sur le palier, la fixant de ses grands yeux jaune-vert. Il fit le dos rond et cracha.

— Mais qu'est-ce qui te prend, Hazel ? Pourquoi est-ce que tu fais ça ? Tu vois bien que ce n'est que moi.

Elle monta quelques marches de plus. Le chat la regardait toujours en faisant le dos rond.

— Eh, on est copains, tu as oublié ou quoi ? fit Mayra.

Hazel cracha de nouveau en guise de réponse.

On dirait qu'il ne veut pas que j'aille au premier étage, pensa Mayra. Mais c'était ridicule. Ce n'est pas parce qu'il est noir qu'il faut en avoir peur et s'imaginer qu'il n'est pas comme les autres chats. Il a peut-être senti une souris, ou vu un insecte, ou Dieu sait quoi encore.

Elle passa à côté d'Hazel, qui semblait étonné qu'elle ait osé monter jusqu'en haut, et emporta la canne dans la chambre de Mme Cottler.

La porte était entrouverte. La pièce était sombre ; seul un filet de lumière passait par la fenêtre. Mme Cottler était assise sur son lit, face au mur. Elle avait l'air d'avoir les yeux fermés.

Mayra restait sur le seuil de la porte, elle n'osait pas entrer.

— Mme Cottler ? appela-t-elle à voix basse.

La vieille dame ne répondit pas.

Mayra vit qu'elle tenait le mouchoir de M. Probe.
— Mme Cottler ?
Toujours pas de réponse.
Elle est en transe ou quoi ? se demanda Mayra. Mais qu'est-ce qu'elle est en train de faire ?
Elle avança d'un pas dans la chambre. Le chat vint se frotter contre ses jambes. Elle sursauta. Elle eut soudain l'impression qu'il faisait froid.
Et Mme Cottler ne bougeait toujours pas.
Je ferais mieux de m'en aller, pensa Mayra.
Elle posa la canne contre le mur et descendit les escaliers à toute vitesse, sans se retourner.

5

Mayra, tu crois vraiment qu'elle fait de la sorcellerie ?

— Je ne sais pas, mais elle a un chat noir et, chez elle, il y a plein d'objets bizarres, des pattes de poulet et des trucs comme ça. En plus, elle cache des bougies noires dans un des tiroirs de sa commode. L'autre jour, elle était assise sur son lit sans bouger, et elle tenait le mouchoir que son voisin avait laissé tomber, on aurait dit qu'elle était en transe. Qu'est-ce que tu en dis, toi ?

— Moi, je trouve que tu as beaucoup d'imagination, c'est tout !

Mayra était au téléphone avec Donna, sa meilleure amie. C'était le vendredi matin, juste avant qu'elle ne parte chez Mme Cottler.

— Il doit bien y avoir une explication logique à tout ça, dit Donna.

— Évidemment qu'il y a une explication logique ! s'exclama Mayra. Cette Mme Cottler est une sorcière !

— Enfin... moi, je n'y crois pas du tout. Mais pourquoi tu ne lui demanderais pas ?

— Et qu'est-ce que je lui dis ? Mme Cottler, vous ne seriez pas une sorcière, par hasard ? C'est un peu direct, comme question, tu ne trouves pas ?

— Euh... Oui, peut-être.

— En plus, poursuivit Mayra, je ne suis pas censée savoir qu'elle a des bougies noires et tout et tout. Elle serait peut-être folle de rage de savoir que je l'ai vue en transse.

— Oui, c'est possible.

— Mais Mme Cottler est si gentille avec moi. Je n'arrive pas à croire que...

— Débrouille-toi seulement pour rester dans ses petits papiers, on ne sait jamais...

— Oui, tu as raison.

— Eh, Mayra ! Je plaisantais ! Dis donc, tu ne crois quand même pas qu'elle peut jeter des mauvais sorts sur les gens, non ?

— Je ne sais pas, je pense tout le temps à ce que nous avait dit Stéphanie, la sœur de Link. Tu te rappelles, à la bibliothèque elle empruntait toujours des livres sur les sciences occultes et tout ça ?

— Oui, c'est vrai qu'elle était vraiment mordue, pendant un moment. Mais ça devait être avant qu'elle ne s'intéresse aux garçons ! fit Donna en éclatant de rire.

Donna était toute menue, et c'était la plus petite de la classe, mais quand elle riait, elle faisait du bruit comme trois.

— Un jour, reprit Mayra, on était chez Stéphanie, et...

— Et tu étais en train de draguer Link, non ?

— Allez, arrête un peu, Donna ! Stéphanie nous avait lu un passage de son bouquin sur la sorcellerie. Il paraît que si tu veux jeter un sort à quelqu'un, il faut avoir un vêtement ou n'importe quoi qui appartient à la personne à qui tu veux jeter le sort. L'autre jour, Mme Cottler avait l'air toute contente de récupérer le mouchoir de ce pauvre type, et après elle était là, le mouchoir à la main, les yeux fermés...

— Tu ne crois pas que tu y vas un peu fort, là, Mayra ? Bon, il faut que je te laisse, ma mère a besoin du téléphone.

— Il faut que j'y aille aussi, fit Mayra en jetant un coup d'œil à sa montre.

— Arrête de croire à toutes ces histoires de sorcellerie, c'est du pipeau, de toute façon. Ton problème, c'est qu'à force d'être avec Walker, tu as fini par y croire toi aussi.

— Qu'est-ce que tu veux dire ? lança Mayra, piquée au vif.

— Rien. Juste qu'il croit à la magie et à tous ces trucs bizarres, et que toi tu y crois aussi, maintenant.

— Tu n'aimes pas Walker, hein ? fit Mayra d'un ton plein de reproche.

— Je n'ai jamais dit ça. Il est sympa. Il est juste un peu bizarre, c'est tout.

— Non. En fait, tu trouves qu'il est bizarre parce qu'il s'intéresse à quelque chose, lui. Il n'est pas comme tous ces mecs à l'école qui ne pensent qu'à sortir et à s'amuser. Il a un but dans la vie, il a une passion.

— Il est plutôt mignon, en plus, fit Donna pour que la conversation ne prenne pas un ton trop sérieux.

— Je suis désolée, dit Mayra. Je ne voulais pas me mettre en colère. Je dois être un peu énervée, entre cette Mme Cottler et Walker qui rentre dimanche... Ça fait deux semaines qu'on ne s'est pas vus.

— Bon, allez, ce n'est pas grave.

— Tu sais, à l'école il y en a qui pensent que Walker est... différent parce qu'il adore la magie, et parce qu'il est d'une timidité maladive. Mais ils ne le connaissent pas. Par contre, ça me fait de la peine que ma meilleure copine me dise qu'il est bizarre.

— Mais non, je ne dis pas ça, je ne le connais pas très bien. Oui, d'accord, je raccroche ! lança-t-elle à sa mère avant de reprendre : À propos de Stéphanie, tu l'as revue depuis que tu n'es plus avec Link ?

— Non, pas vraiment. Une fois, je crois. Elle a commencé son boulot d'été tout de suite après la fin des cours. Je crois qu'elle travaille dans un centre aéré.

— Mais elle rentre tous les soirs, non ? Elle aurait quand même pu t'appeler.

— Donna, tu es vraiment douée pour semer la zizanie, toi !

— Ça sert à quoi, les amis, sinon ?

— Tu crois que Stéphanie est en colère parce que j'ai cassé avec son frère ?

— Je ne sais pas.

— En tout cas, merci de m'en avoir donné l'idée. Comme si j'avais besoin de ça en ce moment ! Bon, il faut que j'y aille.

— Moi aussi. Embrasse bien Walker pour moi dimanche.

— Donna, laisse Walker tranquille ! Trouve-toi un copain, mais laisse le mien tranquille !

Les deux filles se mirent à rire et raccrochèrent.

C'est plutôt rassurant d'avoir une bonne copine comme ça, se dit Mayra. On peut se dire tout ce qu'on pense l'une de l'autre, en sachant que ça ne changera rien à notre amitié.

Malgré tout, elle aurait préféré que Donna ne lui ait pas parlé de Stéphanie. Stéphanie s'entendait très bien avec Link. Ils ne se disputaient jamais, ce qui est assez étonnant entre frère et sœur. Elle adorait son frère et elle le respectait beaucoup.

Mayra jeta un dernier coup d'œil dans la glace, rajusta les bretelles de sa robe et descendit les escaliers. Donna a sans doute raison, pensa-t-elle. Stéphanie m'en veut sûrement beaucoup d'avoir rompu avec Link. C'est certainement pour cette raison qu'elle ne m'a pas encore appelée. J'ai perdu une bonne copine en même temps qu'un petit ami...

En arrivant au bout de Fear Street, Mayra vit tout de suite l'ambulance.

— Oh, non ! Mme Cottler ! s'exclama-t-elle.

Elle se précipita chez la vieille dame en coupant à travers le jardin des voisins. L'ambulance n'était pas garée devant la maison de Mme Cottler, mais devant celle d'à côté.

Mayra s'arrêta. Deux infirmiers transportaient un homme sur une civière. La couverture jusqu'au menton, le visage crispé, il râlait de douleur. Mayra le reconnut aussitôt : c'était M. Probe.

Les infirmiers firent glisser la civière dans l'ambulance puis refermèrent les portes. Quelques secondes plus tard, le véhicule démarra, sirène et gyrophare en action.

Mayra jeta un coup d'œil en direction de la maison de Mme Cottler. La vieille femme se tenait derrière la porte vitrée, le chat dans les bras. Elle n'avait pas perdu une miette de l'opération.

— Mme Cottler, qu'est-ce qui s'est passé ? fit Mayra en montant les escaliers.

Un sourire étrange éclairait le visage de la vieille dame, mais à mesure que Mayra approchait, elle prenait un air de plus en plus triste.

— Pauvre M. Propre, soupira-t-elle en ouvrant la porte à Mayra. C'est vraiment affreux.

— Mais, qu'est-ce qui lui est arrivé ?

— Pauvre M. Propre, répéta Mme Cottler en hochant la tête. Il est tombé et il s'est cassé le col du fémur. Ça doit faire mal. Je l'avais pourtant prévenu hier qu'il lui arriverait quelque chose s'il continuait à s'énerver comme ça. Ah ! le pauvre homme !

6

Walker accueillit Mayra sur le pas de la porte, avec un demi-sourire embarrassé. Il lui tendit timidement la main. Il portait un jean troué aux genoux et un nouveau tee-shirt, qu'il avait probablement acheté en vacances.

Elle rit. Il avait l'air si gêné et si maladroit, à vouloir lui serrer la main ! Elle fit mine de l'ignorer et, sur la pointe des pieds, l'embrassa sur la joue.

Deux petits cercles roses se dessinèrent sur les pommettes de Walker. Mayra adorait le voir rougir.

— Mais dis donc, fit-elle, tu es sûr que tu es parti en vacances ? Tu es blanc comme un cachet d'aspirine !

Il haussa les épaules.

— Si on était sortis de la voiture ne serait-ce que dix minutes par jour, j'aurais peut-être eu le temps de bronzer, mais là...

— Vous êtes allés où, exactement ? Tu ne m'as envoyé qu'une carte postale, tu sais, celle avec un cactus.

Il soupira et hocha la tête.

— On est allés partout ! On a sillonné tout l'ouest du pays. On est passés au sud à l'aller, et au nord au retour. Ce que j'ai préféré, c'est le désert. Tu ne vois que du sable tout blanc, partout. On dirait un océan.

— Vous avez vu le Grand Canyon ?

— Ouais ! Je crois même que j'ai hypnotisé un âne, là-bas !

Elle rit et l'emmena s'asseoir dans le gazon.

— Alors, comme ça, tu t'es entraîné à l'hypnose ?

— Oui, un petit peu, répondit-il d'un air gêné. L'âne ne voulait pas avancer, alors il a bien fallu trouver un moyen pour le faire bouger.

— C'est vrai ?

— Mais non ! dit-il en riant.

J'adore son rire, se dit Mayra. Qu'est-ce qu'il est mignon quand il rit ! Dommage qu'il soit toujours si sérieux...

Elle prit sa main, qui était glacée. Il est un peu nerveux, se dit-elle avec une certaine satisfaction.

— Tu as des mains immenses, dit-elle en appuyant la paume de sa main contre celle de Walker. Regarde.

Ses doigts dépassaient ceux de Mayra de plusieurs centimètres.

— Les grandes mains, c'est bien pour faire de la magie. Je peux tenir un lapin dans le creux de la main. Il faut que je te montre un nouveau truc, au fait.

Il fouilla dans sa poche et en sortit un jeu de cartes. Il en avait toujours un sur lui.

— Je n'aime pas trop les tours de cartes, c'est un peu bête, fit Mayra.

— Oui, je sais, dit-il en souriant. Choisis une carte.

Il lui montra trois nouveaux tours de magie. Elle eut beau le regarder attentivement, elle ne réussit pas à comprendre comment il s'y prenait. Elle n'en revenait pas. Il était vraiment doué.

Il sortit une pièce de sa poche.

— Attends, il faut que je te montre un truc que je me suis entraîné à faire dans la voiture.

— Pourquoi tu ne me montrerais pas une bonne part de pizza, à la place ? demanda-t-elle en essayant de le tirer par la main pour qu'il se lève.

Mais il était si grand qu'elle avait l'impression de soulever un géant.

— Pizza ? Ah, non ! C'est un tour de magie que je ne connais pas...

— Allez ! Je meurs de faim !

Elle le tira de nouveau par la main et cette fois il se laissa soulever, ce qui manqua de faire perdre l'équilibre à Mayra.

— Oh, désolé ! s'exclama-t-il en rougissant.

Elle prit le visage de Walker entre ses mains pour l'embrasser. Elle pouvait se voir dans ses grands yeux bleus.

Elle était un peu déçue de voir qu'il avait l'air si mal à l'aise.

Il parut se détendre un peu à la pizzeria.

— J'aime bien ta robe, fit-il en s'essuyant le menton. Je n'avais jamais vu tes épaules.

— J'en ai deux, en plus, répondit Mayra.

— Je sais, je viens de les compter.

La serveuse leur apporta leurs Coca-Cola.

— Euh, tu n'as pas ton collier ? demanda Walker.

— Quoi ?

— Le collier que je t'ai offert ?

Mayra porta aussitôt les mains à son cou, puis se rappela qu'il était cassé.

— C'est Mme Cottler qui l'a, son chat l'a fait tomber par terre et il s'est cassé. Elle va me le réparer.

Il faudra que je le lui rappelle, d'ailleurs, pensa Mayra. Elle a peut-être oublié de le faire.

— Je vais te montrer un truc avec une paille, dit Walker en changeant de sujet.

Il tortilla la paille entre ses doigts jusqu'à ce qu'elle disparaisse complètement.

— Comment tu fais ça ?

En guise de réponse, il ouvrit son autre main. La paille était à l'intérieur, pliée en deux.

— Comment tu fais ça ? répéta Mayra, l'air ébahi.
— Chut... fit-il en mettant un doigt sur sa bouche. C'est un secret.
— Parle-moi un peu plus de tes vacances, alors.
Elle engloutit un énorme morceau de pizza et un jet de sauce tomate gicla juste devant Walker.
— Et toi, comment tu fais ça ? dit-il en riant.
— C'est de la magie, répondit-elle, la bouche pleine.
— Je n'ai pas grand-chose à dire sur mes vacances. J'étais avec mes parents, alors...
— Tu t'es encore disputé avec ton père à propos de la magie, et tout ça ?
— Un petit peu, mais il ne m'a pas trop cassé les pieds. Évidemment, il veut toujours que je fasse des études de droit. Un avocat qui fait des tours de passe-passe à ses heures perdues, il comprend, mais le contraire... Enfin, il n'en a pas trop parlé, juste tous les trois cents kilomètres, à peu près.
— Et ta mère ?
— Elle n'avait pas le temps, elle était bien trop occupée à nous montrer le moindre cheval ou le moindre cactus qu'on croisait sur notre passage. Il fallait que je leur répète toutes les cinq minutes que j'avais seize ans, pas trois et demi !
Mayra prit les mains de Walker dans les siennes.
— Je suis contente de te revoir, murmura-t-elle.
À peine étaient-ils ressortis du restaurant que Walker paraissait de nouveau mal à l'aise.
— Tu sais, Mayra, je suis vraiment désolé pour la dernière fois.
— Quoi ?
— La dernière fois qu'on s'est vus. Je voulais vraiment m'excuser.
Mayra ne comprenait rien du tout. Elle leva les yeux vers lui, comme pour lire dans ses pensées. De quoi voulait-il donc s'excuser ? Elle ne se rappelait que les

baisers, les longs baisers de Walker, pleins de tendresse. C'était une soirée inoubliable, où elle s'était sentie très proche de lui. Elle avait même regretté qu'il soit si timide et qu'il n'ait pas osé faire un peu plus que l'embrasser...

— De quoi tu veux t'excuser ? demanda-t-elle. C'était très chouette !

Il semblait tout content, et même soulagé.

— Ah, tant mieux ! Je t'ai ramenée assez tard chez toi, et j'avais peur que tu ne te sois fait disputer.

Il passa son bras autour de l'épaule de Mayra, et ils continuèrent de marcher, heureux.

— Maman ? Tu n'es pas encore au lit ?

Mayra était surprise de trouver sa mère endormie dans le fauteuil en cuir du salon. Elle n'avait pas allumé la lampe, seule la lumière de l'entrée les éclairait.

— Oh ! Euh... Salut ! fit Mme Barnes en se levant d'un bond. Je crois que je me suis endormie. Ça doit faire deux heures que je suis rentrée.

Elle portait encore sa blouse d'infirmière.

— Pourquoi est-ce que tu n'es pas allée te coucher directement ? demanda Mayra en bâillant.

— Parce que je pensais que je n'étais pas fatiguée. Enfin, maintenant, j'en suis sûre, je suis fatiguée. Et toi, tu as passé une bonne soirée avec Walker ?

— Oui, c'était sympa.

Mayra n'aimait pas parler de Walker à sa mère. Elle ne savait pas ce qu'elle pensait de lui. Elle était toujours en train de porter Link aux nues et elle n'arrêtait pas de dire à Mayra que c'était un « gentil garçon ». Quand Mayra avait rompu avec Link, sa mère avait eu beaucoup de mal à cacher sa déception. Elle n'avait jamais dit ce qu'elle pensait de Walker.

— Il a passé de bonnes vacances dans l'Ouest ?

— Oui, je crois. Ils ont vu beaucoup de choses. Et Walker s'est entraîné à faire plein de tours de magie dans la voiture.

Mayra bâilla de nouveau.

— Eh bien, ça a vraiment l'air de le passionner, la magie, fit Mme Barnes en hochant la tête.

Mayra ne savait pas trop comment interpréter ce que venait de dire sa mère. Mais elle était trop fatiguée pour discuter.

— Bon, je vais me coucher, dit-elle. Tu travailles, demain ?

— Oui, je commence de bonne heure, en plus. En fait, il faut que je me lève dans quelques heures... Allez, monte, je ferme les portes du bas.

Mayra dit bonsoir à sa mère, qui lui parut soudain beaucoup plus âgée que d'habitude. C'était sans doute à cause de la lumière crue de la lampe d'entrée.

— Oh, Mayra ! J'allais oublier !

Mayra soupira, agacée par la fâcheuse habitude qu'avait sa mère de la rappeler alors qu'elle était déjà presque en haut des escaliers et qu'elle n'entendait rien du tout.

— Link a téléphoné il y a à peu près une heure et demie, reprit Mme Barnes.

— Link ? Oh, non, soupira Mayra en faisant la moue. Qu'est-ce que tu lui as dit ?

— Je lui ai dit que tu n'étais pas là. Il me semble que c'est ce que j'avais de mieux à faire, étant donné que tu n'étais pas là !

C'était exactement le type de plaisanterie que sa mère faisait à tout bout de champ.

— Il ne va pas me lâcher, ronchonna Mayra.

Mais à sa grande surprise, elle se sentait flattée qu'il l'ait appelée. Link n'était vraiment pas un mauvais garçon, mais parfois les choses ne marchent pas comme on le voudrait...

Elle souhaita de nouveau bonne nuit à sa mère et continua de monter les escaliers en pensant à Link.

C'est cette nuit-là qu'elle fit le rêve pour la première fois.

Elle était au bord du lac. L'eau était claire, du même bleu que le ciel. Tout était bleu autour d'elle. Elle mettait un pied dans l'eau, mais il ne s'enfonçait pas. Elle continuait à avancer. Elle était en train de marcher sur l'eau bleue, en regardant le ciel bleu. Elle n'était pas du tout surprise de pouvoir marcher sur le lac.

Elle avançait toujours. L'eau devenait glacée sous ses pieds.

Elle avait l'impression que quelqu'un l'épiait, que quelqu'un était en train de l'observer depuis le rivage. Elle se sentait très mal à l'aise. Qui cela pouvait-il bien être ?

Elle regardait autour d'elle, mais elle ne voyait rien. L'angoisse lui serrait la gorge. Elle avançait encore dans l'eau, pas à pas. Le vent se mettait à souffler et sa chemise de nuit volait autour d'elle. L'eau clapotait contre ses chevilles.

Qui était en train de la regarder ?

Quand elle ouvrit les yeux, tout était sombre.

Mais ce n'était pas l'obscurité de sa chambre.

Elle était réveillée. Elle était sortie de son rêve.

Alors pourquoi ne reconnaissait-elle pas sa chambre ? Où était-elle ?

Elle avait très froid aux pieds. En regardant par terre, elle se rendit compte qu'elle était dans les hautes herbes. Sa chemise de nuit flottait au vent. Elle vit la maison se dresser devant elle, immense, silencieuse.

Où suis-je ?

Comment suis-je venue jusqu'ici ?

Elle leva les yeux vers la maison. Était-ce la sienne ? Pourquoi avait-elle l'air si étrange ?

Il fait si noir, si froid et si noir.

Mais qu'est-ce que je fais ici ?

Les arbres murmuraient en se balançant au rythme du vent. Le sol semblait bouger. Elle étendit les bras pour retrouver l'équilibre.

Elle vit que la porte d'entrée était grande ouverte.

Suis-je sortie de chez moi pour venir jusqu'ici ? Suis-je sortie de la maison dans mon sommeil ? se demandait Mayra. Il se passe quelque chose de bizarre, quelque chose d'anormal...

7

— C'était très bon, Mayra.

— Merci, Mme Cottler.

Le soleil filtrait à travers les rideaux de la cuisine, juste au-dessus de l'évier. Mayra se dépêchait de finir la vaisselle. Elle avait hâte de se débarrasser de cette promenade quotidienne qui lui pesait tant, pour pouvoir continuer le livre qu'elle lisait à Mme Cottler. Peut-être que le fait de lire lui ferait un peu oublier l'épouvantable cauchemar de la nuit précédente.

Si seulement elle avait pu en parler à quelqu'un ! Il lui semblait qu'elle aurait eu moins peur si elle avait pu raconter ce rêve à quelqu'un. Mais quand elle s'était levée, sa mère était déjà partie travailler. Elle avait appelé Walker, mais elle était tombée sur sa mère, qui lui avait répondu qu'il dormait encore. Donna quant à elle était déjà sortie. Elle n'avait donc pu parler à personne de ce rêve étrange.

Était-elle somnambule ? Avait-elle descendu les escaliers, ouvert la porte d'entrée et traversé tout le jardin les yeux fermés et les bras tendus en avant, comme dans les films d'épouvante ?

Mayra n'arrêtait pas de se poser des questions, qui restaient sans réponse. Elle n'avait jamais été somnambule de sa vie. Alors pourquoi la nuit dernière ? Où allait-elle ? Jusqu'où serait-elle allée si elle ne s'était pas réveillée ? Aurait-elle continué à marcher ?

Son rêve l'intriguait beaucoup. Elle y repensait sans cesse et essayait de lui trouver une signification. En vain. Pourquoi marchait-elle sur le lac ? Allait-elle à la rencontre de quelqu'un ? Ou fuyait-elle quelqu'un ? Et qui l'épiait depuis le rivage ?

Était-ce le rêve qui l'avait rendue somnambule ? Y avait-il un lien entre les deux ?

Elle sentait qu'il fallait à tout prix qu'elle en parle à quelqu'un.

— Mme Cottler, est-ce que vous savez pourquoi certaines personnes sont somnambules ?

La vieille dame était assise sur le canapé ; elle caressait son chat. On aurait dit qu'elle n'avait pas entendu Mayra. Puis elle leva enfin les yeux. Le chat leva la tête lui aussi.

— Pardon, Mayra, tu m'as parlé ?

— Euh... oui. Je vous ai demandé si vous saviez pourquoi certaines personnes sont somnambules.

La question ne parut pas surprendre Mme Cottler.

— Ah ! Le somnambulisme. Oui, oui, fit-elle en regardant Hazel. C'est une chose très mystérieuse. Très mystérieuse...

Elle prit le chat et commença à jouer avec lui.

Mayra s'essuya les mains. Elle décida de ne rien dire à Mme Cottler.

— Nous marcherons un peu plus tard, dit Mme Cottler en se réinstallant dans le canapé. Si on changeait un peu nos habitudes et qu'on lisait quelques chapitres avant d'aller se promener ?

Hazel miaula et sauta sans bruit sur le tapis. Il se pelotonna devant le canapé, comme s'il se mettait en condition pour écouter Mayra.

Après le travail, Mayra voulait aller chez Donna pour lui raconter qu'elle avait été somnambule. Mais elle devait d'abord passer au centre commercial, faire une course pour sa mère.

Elle se sentit soulagée en sortant de chez Mme Cottler, même si tout s'était très bien passé pendant la journée. Mme Cottler avait été de particulièrement bonne humeur. Elle n'avait pas paru remarquer que Mayra était perdue dans ses pensées. La vieille dame s'était assoupie au milieu du chapitre, et Mayra avait continué à lire à voix basse, l'esprit à des années-lumière de ce qu'elle lisait.

Le soleil orange descendait peu à peu derrière les arbres. L'air était frais. Mayra devait longer le cimetière de Fear Street pour se rendre à l'arrêt de bus de Park Drive. Dans l'entrée, deux enfants tout blonds, un garçon de huit ou neuf ans et une fille un peu plus âgée, jouaient au gendarme et au voleur.

Pourquoi jouent-ils là ? se demanda Mayra. Elle avait très envie de leur dire d'aller jouer ailleurs : n'avaient-ils donc jamais entendu ce qu'on racontait sur le cimetière de Fear Street ?

Quand elle était petite, un de ses camarades de classe lui avait donné des cauchemars pendant des semaines : il lui avait dit que si les tombes étaient toutes de travers, c'était parce que les morts essayaient chaque nuit de les soulever pour pouvoir sortir. Depuis cette époque, à chaque fois que Mayra voyait une tombe de travers dans un cimetière, elle frissonnait de la tête aux pieds.

Elle s'apprêtait à interpeller les deux enfants quand elle se rendit compte qu'ils n'étaient plus là. Pourtant, elle aurait juré qu'elle entendait encore leurs rires. Mais elle ne les voyait nulle part. Elle traversa la rue pour jeter un coup d'œil à l'entrée du cimetière mais ne vit personne. S'étaient-ils cachés ?

Tandis qu'elle s'éloignait, elle eut l'impression de les

entendre glousser encore, tout près d'elle. Mais c'était peut-être un oiseau. Ou son imagination.

Elle traversa de nouveau la rue et s'arrêta tout net.

Un homme venait de sortir d'une maison en face du cimetière. Il avait claqué la porte bruyamment ; il fixait Mayra avec insistance.

Mais pourquoi me regarde-t-il comme s'il me connaissait ! se demanda-t-elle.

L'homme avait l'air assez surpris de la voir.

C'est vraiment une armoire à glace, celui-là, pensa Mayra. Il mesurait bien deux mètres et il avait une carrure impressionnante, avec un cou presque aussi large que la tête. Il portait un cycliste noir et un débardeur rouge qui mettait en valeur son torse et ses biceps.

Son visage carré et rougeaud, ses cheveux blonds en brosse le faisaient ressembler à un militaire, ou à un joueur de football américain.

Qu'est-ce que tu regardes comme ça, toi ? se dit Mayra.

Elle jeta un coup d'œil derrière elle pour s'assurer que c'était bien elle qu'il fixait. Fear Street était déserte. Il n'y avait personne d'autre qu'elle.

Mayra savait pertinemment qu'elle n'avait jamais vu cet homme de sa vie, alors que lui avait l'air de la reconnaître. L'expression de surprise sur son visage cédait peu à peu la place à la colère.

Tout à coup, il avança vers elle à grandes enjambées.

— Eh, toi ! grogna-t-il.

C'est un fou furieux, pensa Mayra.

Elle eut alors une drôle d'impression, comme si elle pressentait que cet homme lui voulait du mal.

Il veut ma peau, se dit-elle.

C'était peut-être à cause de sa taille, ou de son regard perçant. Il avait quelque chose qui faisait peur.

Elle fit demi-tour et commença à courir.

— Eh ! Attends !

Elle courait de plus en plus vite, son cœur tambourinait dans sa poitrine. Était-il en train de la suivre ?

Elle ne se retourna pas.

Elle courut comme une folle jusqu'à l'arrêt de bus. Là, elle s'appuya contre un poteau pour reprendre haleine et jeta un coup d'œil derrière elle.

Elle ne le voyait pas. Il ne l'avait pas suivie.

Soulagée, elle essayait tant bien que mal de retrouver son souffle.

Qui était cet homme ? Que lui voulait-il ?

Elle était certaine de ne l'avoir jamais rencontré auparavant. Sinon, elle s'en serait souvenue, elle n'aurait pas pu oublier quelqu'un d'aussi grand, à l'air aussi redoutable.

Le bus arriva quelques minutes plus tard. Elle monta et paya son ticket. Elle était toute seule. Une véritable limousine climatisée, rien que pour moi ! pensa-t-elle. Encore un peu essoufflée, elle alla s'asseoir et reposa sa tête contre la vitre. Elle était fatiguée, vidée. Et ce n'était pas seulement d'avoir couru. C'était aussi d'avoir si mal dormi la nuit précédente, après son cauchemar. On aurait dit qu'il avait épuisé toute son énergie.

Le rêve. Allait-elle refaire le même ?

Elle regretta presque de devoir descendre du bus. Elle aurait voulu continuer de rouler, elle était bien, il faisait frais. Elle était encore toute retournée par sa rencontre avec l'homme. Elle n'arrivait pas à effacer son visage de sa mémoire.

En descendant du bus, Mayra fut surprise par la chaleur et l'humidité de l'air. Elle traversa la rue pour aller au centre commercial.

J'en ai passé ici des heures à traîner, se dit-elle, avant que je ne doive travailler pendant les vacances.

Il n'y avait pas beaucoup de monde à l'intérieur. Elle s'arrêta dans un magasin de vêtements pour regarder les maillots de bain. Elle trouva un bikini vert qui lui plaisait et qu'elle aurait bien voulu essayer, mais à quoi bon ? Elle n'avait pas assez d'argent sur elle, et elle n'était pas là pour ça, elle venait faire des courses pour sa mère. Elle ne pourrait pas acheter le maillot de bain même s'il lui allait à merveille, ce qui ne serait probablement pas le cas, de toute façon.

Elle passa devant la pâtisserie qui répandait une délicieuse odeur de petits pains à la cannelle. Elle faillit se laisser tenter mais finit par résister. J'en achèterai peut-être quelques-uns pour ramener à la maison, se dit-elle.

Elle s'aperçut soudain que son ventre criait famine, elle ne s'en était pas rendu compte. Elle jeta un coup d'œil par la vitre de la pizzeria et remarqua plusieurs jeunes de son école. Peut-être y avait-il des amis à elle qui voudraient bien partager un peu de leur pizza ?

Eh ! Qu'est-ce que je vois, là-bas ? se demanda-t-elle.

Elle plissa les yeux. Elle n'en revenait pas.

Qui était assis, là, juste à la table du milieu ?

Eh oui, c'était bien Walker !

Mayra s'approcha de la vitre et plissa davantage les yeux pour être bien sûre que ce n'était pas un mirage.

Non, c'était bien lui. C'était Walker, attablé avec Suki Thomas, la fille la plus vulgaire de toute l'école.

Elle avait des cheveux blond platine à la punk, avec au moins une tonne de gel pour les faire tenir. Elle portait un tee-shirt violet et un collant violet assorti sous son bermuda en jean.

Ils se regardaient les yeux dans les yeux et se tenaient la main.

8

Sans réfléchir, Mayra pénétra dans le restaurant et se dirigea droit vers leur table.

— Walker !

Leurs mains se séparèrent. Ils levèrent tous les deux la tête vers Mayra en souriant.

— Je ne t'avais pas vue entrer, dit Walker en jetant un coup d'œil à Suki.

— Je... c'est horrible ! Je me suis fait poursuivre par un type ! lança Mayra sans se contrôler.

— Hein ? firent-ils tous les deux en chœur.

— Il y a un type qui m'a couru après, à Fear Street, juste quand je sortais de chez Mme Cottler.

— Quoi ? Mais qui c'était ? Tu veux qu'on appelle la police ? demanda Walker, l'air sincèrement inquiet.

— Non. Je... je suis désolée. Il ne m'a pas suivie très longtemps, mais...

— Quelle horreur ! fit Suki en hochant la tête. Il était comment ?

— Il avait l'air dangereux, répondit Mayra d'un ton brusque, en regardant Walker droit dans les yeux. C'était un vrai géant.

— Assieds-toi, Mayra.

Walker se poussa un peu pour lui faire de la place sur la banquette.

— Non, je ne voudrais pas vous déranger.

Elle lança un regard noir à Walker, au cas où il n'aurait pas compris ce qu'elle voulait dire.

Nerveux, l'air gêné, il commença aussitôt à se justifier.

— Je suis tombé sur Suki dans le centre commercial. J'allais acheter un jeu de cartes que j'avais commandé. Et puis je l'ai vue, alors on a discuté, et comme on avait faim tous les deux, on est venu manger une pizza. On était même en train de parler de toi quand tu es entrée.

— Et vous attendiez votre pizza la main dans la main ?

— Quoi ? fit-il, l'air abasourdi. Mais pas du tout !

— Pas du tout, Mayra, répéta Suki.

— Je lui montrais juste le tour de magie avec la pièce, tu sais : devine dans quelle main se trouve la pièce. C'est tout.

Il se mit à rougir. Il avait l'air tellement innocent que Mayra ne put s'empêcher de le croire.

C'est impossible qu'il soit en train de me raconter des salades, pensa-t-elle. Sinon, c'est vraiment un menteur de première classe !

— Dans quelle main était la pièce, finalement ? demanda Mayra.

— Je n'ai pas trouvé, fit Suki. Il est trop malin pour moi.

Mayra s'en voulait un peu d'avoir cru qu'il se passait quelque chose entre Walker et Suki. Il avait dit la vérité. Ils s'étaient rencontrés par hasard dans un magasin et ils étaient allés manger une pizza ensemble. Il n'y avait pas de quoi en faire un drame. Elle s'assit sur la banquette à côté de Walker.

Qu'est-ce que Walker pourrait bien trouver à Suki, de toute façon ? se dit Mayra. C'était sans doute la fille qui avait la plus mauvaise réputation du lycée.

Et puis, elle n'était pas le genre de Walker. Il était si timide, si bien élevé. C'était absolument impossible qu'il se passe quelque chose entre eux. Mayra regrettait de s'être emportée aussi vite, de s'être montrée si jalouse. Walker allait penser qu'elle ne lui faisait pas confiance.

— Qu'est-ce que tu fais, cet été ? demanda Suki à Mayra après avoir vidé son Coca.

— Je travaille.

— Moi aussi. Enfin... je travaillais, soupira-t-elle. Je travaillais chez Frosty's, juste à côté. Tu sais, le salon de coiffure. Mais je me suis fait virer. J'avais des horaires pas possibles. Je leur ai dit que c'était trop, mais ils m'ont dit que c'était ça ou rien. Alors moi je leur ai dit que ce serait rien, et voilà.

— C'est dommage, dit Mayra.

Elle était en train de se dire qu'elle n'avait jamais parlé aussi longtemps avec Suki.

— Tu veux un bout de pizza ? demanda Walker en poussant le plat devant Mayra.

— Non, merci. Il faut que je rentre. Enfin... il faut que j'aille faire des courses, je veux dire.

Elle venait de se rappeler qu'elle avait des courses à faire, ce qui lui était complètement sorti de la tête. C'était bientôt l'heure de se mettre à table, il fallait qu'elle se dépêche.

— Attends, je t'accompagne, dit Walker au moment où elle se levait.

Mayra avait vraiment envie de discuter avec lui, de lui raconter son rêve, de lui dire qu'elle s'était retrouvée dans le jardin en pleine nuit. Mais ce n'était pas le moment. Elle était certaine qu'il allait lui réexpliquer dix mille fois qu'il avait rencontré Suki par hasard, qu'il n'y avait rien entre eux, qu'il lui montrait un tour de magie... Elle n'avait pas envie de lui raconter encore toute l'histoire. Elle n'avait pas envie non plus de répéter qu'elle s'était fait suivre par un homme. Il l'avait peut-être tout simplement prise pour quelqu'un d'autre. Elle voulait oublier cette histoire.

— Non, je te remercie. Appelle-moi ce soir. Salut, Suki.

Elle se dépêcha de sortir du restaurant.

— J'espère que je ne vais pas devoir t'enfermer à double tour dans ta chambre tous les soirs !

— Ce n'est vraiment pas drôle, maman.

Mme Barnes but une gorgée de café et posa la tasse sur la table. Elles venaient de finir de manger, il restait encore la vaisselle à faire. Mayra avait attendu la fin du repas avant de dire à sa mère qu'elle devenait somnambule. Et comme d'habitude, sa mère le prenait à la rigolade.

— Pourquoi est-ce que tu trouves toujours que c'est marrant, ce qui m'arrive, hein ?

— Mais non, Mayra. Arrête de me regarder comme ça. Ce n'est pas rigolo d'être somnambule, mais je ne veux pas non plus que tu t'inquiètes et que ça te fasse peur. Si ça se trouve, ça ne t'arrivera plus. Allez, calme-toi, ma chérie.

— Maman, tu te rends compte que j'étais presque sur la route ? Et si je ne m'étais pas réveillée ?

— Mais le problème n'est pas là puisque tu t'es réveillée. Écoute, je suis infirmière, et je te promets qu'à l'hôpital, on n'a jamais vu arriver quelqu'un qui se serait fait renverser par une voiture pendant son sommeil. Ça va aller.

— Me voilà rassurée, fit Mayra d'un ton ironique.

Elle allongea le bras pour prendre la tasse de sa mère et avala une gorgée de café.

— Beurk ! fit-elle d'un air dégoûté. Tu ne sucres pas ?

— Non. J'aime le café fort.

Mayra reposa la tasse devant sa mère.

— C'est la première fois que ça t'arrive, reprit Mme Barnes en posant sa main sur celle de Mayra.

À ma connaissance, tu ne parles pas en dormant. Et on ne peut pas dire non plus que tu aies le sommeil agité.

— C'est vrai.

— Alors, il est fort possible que ça ne se reproduise pas. Peut-être que tu étais contrariée. Ou alors... peut-être que tu avais mangé quelque chose qu'il ne fallait pas ?

— Maman ! s'écria Mayra.

— Bon, d'accord, ce n'était pas ça. Excuse-moi. Je vois que tu es très inquiète. Mais à mon avis, il faut que tu te calmes et que tu arrêtes d'y penser.

— Mais j'étais dans la rue en chemise de nuit, maman ! Il y a quand même de quoi s'inquiéter, non ?

— Si ça te fait peur à ce point-là, à l'hôpital je connais un médecin super que tu pourrais aller voir.

— Tu veux dire un psy ?

— Oui. C'est un ami à moi, et je suis sûre qu'il pourrait te prendre entre deux rendez-vous.

— Alors à ton avis, je suis en train de devenir folle ?

— Mais non ! Pas du tout ! Je crois juste que ça te ferait du bien d'en parler à quelqu'un qui connaît le problème. Tu serais sans doute rassurée. Mais apparemment, quoi que je dise, ça ne te plaît pas.

— Ce n'est pas que ça ne me plaît pas, mais tu trouves ça marrant que je me promène dans le jardin en pleine nuit, et moi je trouve ça inquiétant.

Mme Barnes avait à peine ouvert la bouche pour répondre qu'on sonna à la porte. Elle jeta un coup d'œil à sa montre.

— Qui ça peut bien être, à cette heure-ci ?

— C'est peut-être Walker, dit Mayra en se levant d'un bond. Je l'ai vu cet après-midi, il a dit qu'il me rappellerait...

Elle courut dans le hall d'entrée et ouvrit la porte.

— Stéphanie !

— Salut, Mayra. Ça va ?

Stéphanie portait un pull bleu marine à manches longues, un short de tennis blanc et un foulard blanc autour du cou. Elle s'était fait une queue de cheval.

Qu'est-ce qu'elle ressemble à Link ! se dit Mayra en faisant entrer Stéphanie.

— Comment tu fais pour être aussi bronzée ? demanda-t-elle. J'ai entendu dire que tu travaillais cet été, pourtant, non ?

— Oui, mais je travaille dans un centre aéré. Je suis presque tout le temps dehors avec les enfants. C'est pour ça que j'arrive à bronzer un peu.

— Bonjour, Stéphanie ! fit Mme Barnes. Qu'est-ce que tu es jolie !

— Merci. Comment allez-vous ?

— Ça va. Dis donc, ça fait un moment que je ne t'ai pas vue !

Stéphanie regarda Mayra d'un air un peu gêné.

— Euh, oui... C'est que je travaille, cet été. Je travaille dans un centre aéré. J'ai un groupe de vingt enfants de quatre ans toute la journée. Je suis tellement fatiguée le soir qu'il m'arrive même d'aller au lit à huit heures et demie !

— Et toi, tu dors dans ta chambre ou dans le jardin ? demanda Mme Barnes en riant.

— Maman ! Ce n'est vraiment pas marrant !

Stéphanie la regarda d'un air stupéfait.

— De quoi elle parle ? chuchota-t-elle.

— Ne fais pas attention, répondit Mayra.

Mme Barnes retourna à la cuisine.

— Je ne te dérange pas trop ? demanda Stéphanie. J'aurais dû appeler avant de venir, mais...

— Non, non, tu ne me déranges pas du tout. Ça me fait plaisir de te voir.

À vrai dire, Mayra était soulagée de voir que Stéphanie ne lui faisait pas la tête à cause de sa rupture avec Link.

— Viens, on va dans ma chambre, on sera plus tranquilles pour parler, reprit Mayra.

Stéphanie la suivit dans les escaliers. Mayra s'assit sur sa chaise de bureau et fit signe à Stéphanie de s'asseoir sur le lit.

— Tu fais très chic, comme ça. J'aime bien ton foulard, il va bien avec ton pull.

— Encore heureux que tu aimes bien ce foulard, dit Stéphanie en riant. C'est le tien !

— Ah bon ?

— Oui. Tu l'as oublié chez nous, cet hiver !

— Ah ? Alors, rends-le-moi ! fit Mayra, qui plaisantait à moitié.

— Non, non, pas question. Je le garde, dit Stéphanie.

Mayra pensait que sa camarade allait se mettre à rire et lui rendre son foulard, mais elle se rendit compte qu'elle était tout à fait sérieuse. Elle avait vraiment l'intention de le garder.

C'est bizarre, pensa Mayra. Stéphanie a déjà au moins une dizaine de foulards chez elle. Ses parents ont de l'argent, et c'est une des filles les plus élégantes du lycée.

Un silence gêné s'installa entre elles.

— Allez, Mayra, je te fais marcher !

Stéphanie retira le foulard et le posa sur le lit à côté d'elle.

Mayra se sentit étrangement soulagée.

— Alors, l'été se passe bien ? demanda-t-elle.

— Ouais, moi ça va. Mais pas Link, répondit sèchement Stéphanie.

Il n'y avait plus la moindre trace d'amitié sur son visage.

— Stéphanie...

Mayra se sentit soudain très mal à l'aise. Elle comprit tout de suite que Stéphanie venait la voir dans un but précis.

— Je voudrais te parler de Link, dit Stéphanie à voix basse.

— Non, répondit Mayra. Je sais que c'est ton frère et que...

— Tu n'as pas le droit de lui faire du mal comme ça.

— C'est ça, dit-elle d'un ton blessant qu'elle regretta aussitôt. Écoute, on ne peut pas en parler, parce qu'il n'y a rien à dire.

— Pourquoi tu lui as fait ça, hein ? Tu ne te rends pas compte du mal que tu lui as fait. Il est complètement démonté. Il avait confiance en toi. Il t'aimait beaucoup. Et toi, tu as tout fichu en l'air. Tu as...

— J'ai cassé avec lui, c'est tout. Ça arrive à tout le monde. Ça ne marchait pas entre nous. Je ne voulais pas lui faire de la peine, je ne pouvais pas savoir qu'il aurait tellement de mal à s'en remettre. Et je ne comprends pas qu'il t'envoie pour...

— Il ne m'a jamais demandé de venir ici ! cria Stéphanie.

— Excuse-moi, je croyais que...

— Je suis venue de moi-même parce que je voulais que tu saches que Link ne va pas bien, et que c'est ta faute.

— Je suis désolée.

— Ça ne suffit pas.

— Qu'est-ce que tu veux que je dise ?

— Que tu lui donneras une deuxième chance.

— Je ne peux pas.

— Si, tu peux.

— Mais je ne veux pas. Écoute-moi, Stéphanie, il faut que Link grandisse un peu.

— Qu'est-ce que ça veut dire, ça ?

— Ça veut dire que j'en ai marre qu'il me suive et qu'il me téléphone tout le temps ; c'est un comportement de gamin. Et si ce n'est pas lui qui t'a demandé de venir me voir, pourquoi tu as décidé de venir, toi ? Parce que tu penses aussi que c'est un gamin, et qu'il est incapable de régler ses problèmes tout seul.

— Ce n'est pas vrai ! Si je suis venue, c'est parce que j'aime mon frère et que je voulais te dire ce que je pense de toi.

— Bon, d'accord, tu m'as dit ce que tu avais à me dire, et moi je n'ai rien à ajouter. Je suis désolée d'avoir fait de la peine à tout le monde. Moi aussi, ça me fait de la peine. Vraiment.

— Et c'est tout ce que tu as à dire ? fit Stéphanie en se levant d'un bond.

— J'en ai bien peur.

— Tu ne t'en sortiras pas comme ça, dit Stéphanie.

C'est du moins ce que comprit Mayra, mais elle n'avait pas bien entendu.

— Qu'est-ce que tu as dit ?

— Que je te plaignais d'être comme ça.

— Au revoir, Stéphanie, abrégea Mayra d'un ton las. À un de ces jours.

Stéphanie lui lança un regard noir avant de sortir de la chambre. Mayra était toujours assise sur sa chaise. Stéphanie descendit les escaliers quatre à quatre et claqua bruyamment la porte en sortant.

Mayra se rendit compte qu'elle tremblait de la tête aux pieds. Elle détestait ce genre de dispute, surtout avec une personne qu'elle considérait comme une amie.

Quel dommage...

Elle repensa à son foulard : il n'était plus sur le lit ! Stéphanie l'avait emporté !

9

Ce n'était pas comme dans les autres rêves.

Elle sentait l'odeur des pins, elle sentait l'eau froide sous ses pieds tandis qu'elle marchait sur le lac.

Le soleil était si lumineux que tout semblait briller et étinceler. Les couleurs paraissaient plus vives que d'habitude. Une brume éblouissante d'un jaune chaleureux l'enveloppait. Soleil jaune, si chaud, si vif.

Sous ses pieds, l'eau était bleue, d'un bleu glacé. La surface du lac scintillait de mille feux sous le soleil.

Elle marchait sur l'eau, d'un pas lent et régulier, les bras le long du corps. Elle regardait droit devant elle.

Quelle journée splendide !

Elle aurait pu se sentir bien, mais quelque chose l'angoissait.

Elle avait l'impression que quelqu'un la regardait. Non, c'était une certitude : quelqu'un l'observait du rivage. Qui était-ce ?

Elle se retournait pour voir. Mais il y avait comme un immense rideau de lumière derrière elle, qui l'aveuglait et l'empêchait de distinguer qui l'épiait...

L'eau était de plus en plus froide, de plus en plus agitée ; elle lui éclaboussait les jambes et la transperçait de froid. La lumière jaune du soleil pâlissait peu à peu jusqu'à devenir grisâtre, puis noire.

Mayra se réveilla.

Où suis-je ? se demanda-t-elle.

Le vent murmurait dans les arbres et soulevait sa chemise.

Je suis encore dehors en chemise de nuit, se dit Mayra.

Autour d'elle, des pins, des chênes, une petite haie ; un tricycle renversé dans une petite allée de gravier, une vieille maison toute biscornue et sombre, un volet qui battait contre le mur.

Ce n'est pas ma maison ! se dit-elle, prise de panique.

Elle respira à fond.

Où suis-je ?

Elle distinguait la lueur vague d'un lampadaire, dans la rue. Elle entendait grincer les branches.

Elle avait les pieds gelés. Elle se rendit compte qu'elle était debout dans une flaque d'eau, et qu'elle avait de la boue jusqu'aux chevilles.

Mais où suis-je ?

Elle respira profondément une nouvelle fois.

Elle essayait de se rappeler son rêve, cette lumière si aveuglante. Elle avait du mal à respirer. Pourquoi est-ce que je marchais sur le lac ? se demandait-elle. Qu'est-ce que je faisais là-bas ?

Qu'est-ce que je fais ici ?

Elle avança de quelques pas pour sortir de la flaque. Le vent était tombé. Tout semblait immobile, comme sur une photographie en noir et blanc. Elle avait l'impression qu'elle était le seul être animé de ce sinistre décor.

Elle marcha un peu. Après les buissons, il y avait une rue. De l'autre côté de la rue, elle vit une grande maison ancienne. Une des fenêtres du premier étage avait l'air éclairée par une lampe blafarde.

Cette rue lui rappelait bien quelque chose, mais quoi ?

Mayra avança en direction du lampadaire. Elle balançait son bras droit en marchant, tout doucement au début, puis plus vite.

Était-ce bien un panneau, juste derrière le lampadaire ?

Oui.

Elle passa devant une autre vieille maison, en retrait. Le jardin était en friche, envahi par les mauvaises herbes.

Ai-je déjà vu cette maison ? Est-ce que je connais cette rue ? Suis-je loin de chez moi ?

Elle arriva enfin devant le panneau.

« FEAR STREET. »

Elle se frotta les yeux puis relut le panneau. Il y avait toujours, en lettres capitales : « FEAR STREET ».

Mais qu'est-ce que je fais ici ?

En dormant elle était venue jusqu'à Fear Street, à l'autre bout de la ville !

Je deviens folle, se dit-elle.

Elle répéta la phrase jusqu'à ce qu'elle ne veuille plus rien dire, regarda encore le panneau. Elle ne rêvait pas. Elle était à Fear Street en pleine nuit, en chemise de nuit. Elle était sortie de chez elle dans son sommeil pour venir jusque-là... mais pour quelle raison ?

Elle serait sans doute restée là une éternité à regarder le panneau, si les phares d'une voiture ne l'avaient tirée de sa torpeur. Elle réalisa que la voiture s'était arrêtée et qu'elle n'était plus toute seule.

Une portière claqua.

Un homme s'approcha. Les feux de détresse de la voiture gênaient Mayra. Elle avait l'impression que les lumières rouges l'encerclaient. Elle cligna des yeux.

Elle se dit que c'était le rêve qui revenait, juste pour lui faire peur. Elle regarda par terre, certaine de voir l'eau bleue et glacée du lac sous ses pieds. Mais elle ne vit que de la terre.

— Mademoiselle ?

L'homme se tenait devant elle, dans la lumière clignotante.

— Mademoiselle ? Qu'est-ce que vous faites ici ?

C'était un policier. Elle comprit que la lumière clignotante qu'elle voyait derrière lui était un gyrophare.

— Je... je ne sais pas, balbutia-t-elle.

— Vous vous sentez bien, ça va ?

— Oui, je crois...

— Vous êtes blessée ? C'est quelqu'un qui vous a amenée jusqu'ici ?

— Non.

Il la prit doucement par le bras et la conduisit vers la voiture.

— Est-ce que je peux vous ramener chez vous ? Vous habitez dans le coin ?

— C'est gentil, monsieur, merci.

La mère de Mayra ne plaisanta pas, cette fois-ci.

Elle courut à la porte, dans son éternel pyjama d'homme à rayures, l'air inquiet et surpris en voyant sa fille raccompagnée par un policier.

Elle prit doucement Mayra par la taille et l'emmena à la cuisine. La lumière crue de la cuisine leur fit cligner des yeux. Mme Barnes fit chauffer du lait pour préparer du chocolat.

Mayra lui raconta son rêve et comment elle s'était réveillée à Fear Street.

— Je ne me souviens de rien d'autre. C'est tout ce que je sais, murmura Mayra en retenant ses larmes.

Mme Barnes la serra dans ses bras.

— Allez, tout va bien, maintenant.

— Mais qu'est-ce qui m'arrive ? Pourquoi je fais ça ?

— Je ne sais pas, dit sa mère en mettant du chocolat en poudre dans les tasses. Je ne sais pas grand-chose sur le somnambulisme. Mais le plus important, c'est de ne pas trop s'inquiéter, de ne pas paniquer.

— De ne pas paniquer ? répéta Mayra, furieuse.

Plus sa mère lui parlait doucement pour la calmer, plus la colère montait.

— Comment est-ce que je pourrais ne pas paniquer ? reprit-elle. Je suis allée jusqu'à Fear Street en dormant !

— Je sais, ma chérie.

Elle versa le lait dans les tasses et en posa une devant Mayra.

— Maman, je ne peux pas...

— Le docteur Sterne est en vacances, cette semaine, coupa Mme Barnes. Mais dès qu'il sera de retour, nous irons le voir.

— Et qu'est-ce qu'il pourra y faire, lui ? demanda Mayra d'une toute petite voix.

Elle but une gorgée de chocolat et se brûla la langue.

— Je ne sais pas, on verra bien. Mais je suis sûre qu'il sait ce qui provoque le somnambulisme.

— La folie. C'est ça, la cause, marmonna Mayra entre ses dents en serrant sa tasse de chocolat. Je deviens folle.

— Ça suffit, arrête de dire ça. Tu n'es pas folle. Il y a juste quelque chose qu'on ne peut pas expliquer, mais le docteur Sterne va t'aider, il est très bien, tu verras. En attendant, tu vas dormir avec moi, dans ma chambre. Viens.

— Merci, maman, mais je crois que ça va aller. Le chocolat m'a fait du bien. Je me sens beaucoup mieux, Docteur Nancy !

Mayra sourit à sa mère et replongea le nez dans sa tasse de chocolat.

— On pourrait peut-être installer Kim dans ta chambre pendant un moment, suggéra Mme Barnes. Elle a le sommeil tellement léger qu'elle t'entendrait sortir, et elle pourrait...

Elle s'interrompit. Un bruit de pas résonnait. Kim entra dans la cuisine, les yeux fermés, les bras tendus devant elle.

— Je suis le somnambule... fit-elle d'une voix grave. Je suis le somnambule...

— Kim ! cria Mayra qui ne la trouvait pas drôle du tout.

— Ça fait longtemps que tu nous écoutes ? demanda Mme Barnes.

Kim les ignora et continua à avancer comme un zombie dans la cuisine, les yeux toujours fermés.

— Je suis le somnambule... Méfiez-vous du somnambule...

— Kim ! Ça suffit ! fit Mme Barnes. Ce n'est pas marrant.

— Elle est infernale, dit Mayra en hochant la tête.

Kim ouvrit enfin les yeux.

— Je peux faire le somnambule aussi, tu vois.

— Qu'est-ce que tu fais debout ? Tu dois te lever tôt pour aller au centre aéré. Allez, au lit !

Mme Barnes posa ses mains sur les épaules de Kim, lui fit faire demi-tour et la conduisit vers les escaliers.

— Je ne suis pas debout, je suis somnambule, insista Kim.

Quelques minutes plus tard, Mayra se recouchait. Elle était fatiguée, épuisée, même. Mais elle ne pouvait pas dormir.

Dès qu'elle sentait qu'elle s'endormait, elle se forçait à rester éveillée.

Il ne faut pas que je dorme, se disait-elle. Il ne faut pas que je refasse ce rêve.

Elle fixait le plafond. Elle avait de plus en plus peur.

Je ne dormirai peut-être plus jamais, pensa-t-elle.

10

Walker était si inquiet au sujet de Mayra qu'il accourut chez elle avant qu'elle ne parte chez Mme Cottler. Il était vraiment mignon avec son bermuda en jean délavé et son polo à rayures rouges et blanches.

— Il ne fallait pas courir comme ça. Je vais bien, je t'assure.

Mais elle était quand même contente de le voir.

— J'avais envie de venir.

Il s'assit sur le tapis du salon et étendit ses grandes jambes devant lui.

— Viens t'asseoir à côté de moi, dit-il.

— Je ne peux pas, Walker, je suis déjà en retard.

— Tu n'es pas à trois minutes près.

Il la prit par la main et l'attira vers lui.

— Ne me tente pas !

Elle sourit et l'embrassa sur la joue. Elle aimait bien quand il insistait, d'autant que c'était plutôt rare.

— Raconte-moi ton rêve.

— Mais je t'ai déjà tout dit au téléphone. Il n'y a rien à ajouter.

— Bizarre, dit-il.

— Bizarre ? C'est tout ce que tu trouves à dire ?

— Ben ouais, dit-il, l'air songeur. Oui, c'est bizarre, cette histoire.

— Ah ! Je croyais que tu disais que c'est moi qui étais bizarre.

— Oui, ça n'empêche pas.
— Merci beaucoup. Tu ne peux pas être sérieux, une minute ? Ça me fait vraiment peur, tu sais.
— Mais je suis sérieux. À moi aussi, ça me fait peur. Enfin, ça me fait peur pour toi, je veux dire. Ça doit faire tout drôle de se réveiller dehors en plein milieu de la nuit.
— Pire que dehors : à Fear Street !
— Tu sais, j'ai une idée, dit-il en appuyant son dos sur le canapé. Peut-être que je pourrais t'hypnotiser pour savoir où est ton problème, ou au moins pour savoir ce que veut dire ton rêve ?
— Non, répondit aussitôt Mayra.
Elle essaya de se relever, mais il la fit se rasseoir à côté de lui.
— Je suis sérieux, Mayra. Je me suis entraîné. Enfin, je veux dire que je me suis amélioré. Ça vaut peut-être le coup d'essayer, tu ne crois pas ?
— Walker, c'est toi qui es bizarre !
Mayra se leva et alla jusqu'au miroir dans l'entrée. Elle y jeta un coup d'œil et vit le visage de Walker dans la glace. Il avait l'air vexé.
— C'était un compliment, Walker !
Mais il avait toujours l'air aussi vexé.
— Alors, tu vas aller voir ce psy ? finit-il par demander.
— Oui, quand il sera rentré de vacances. Maman dit qu'il est bien. Il a fait des recherches sur le sommeil, alors peut-être qu'il saura pourquoi je suis somnambule.
Walker se leva et s'approcha d'elle. Elle le regardait dans le miroir et elle se dit qu'il était vraiment beau.
— Il faudrait que j'y aille, dit-elle.
Elle eut soudain l'impression qu'il serait plus sage qu'ils ne restent pas tous les deux tout seuls à la maison. Elle sentait que s'il la prenait dans ses bras maintenant,

ou qu'il l'embrassait, elle n'irait jamais chez Mme Cottler.

Mais il n'en fit rien.

Il regarda Mayra dans la glace pendant un long moment.

— Je peux t'accompagner ? dit-il enfin.

— Oui, si tu veux.

Elle se demandait s'il voyait à quel point elle était déçue.

Le chat noir fixait Mayra de ses grands yeux jaune-vert, en penchant un peu la tête.

— Hazel, où est Mme Cottler ?

La vieille dame n'était pas venue ouvrir. Mayra avait fini par entrer après avoir frappé plusieurs fois à la porte. C'est Hazel qui l'avait accueillie en restant un peu à distance, comme s'il ne faisait pas confiance à Mayra.

— Mme Cottler ? Mme Cottler ? appela-t-elle.

Pas de réponse.

— Elle est peut-être en haut, dit Mayra à haute voix.

Le chat partit en direction des escaliers ; on aurait dit qu'il avait compris ce que Mayra venait de dire.

La chambre de Mme Cottler était ouverte. Mayra y jeta un coup d'œil. Il n'y avait personne. Mais elle vit que la porte de la salle de bains, au fond de la pièce, était fermée.

— Mme Cottler ?

Elle entendit la douche couler. Mme Cottler était donc à la salle de bains. Mayra fit demi-tour pour ressortir, mais un objet posé sur la commode attira son attention. C'était une bougie noire, dans un bougeoir noir lui aussi. La bougie avait presque entièrement fondu ; la cire avait coulé tout autour du bougeoir.

Une petite boîte à bijoux était posée à côté de la bougie. La boîte était ouverte et Mayra vit son collier bleu à l'intérieur. Mme Cottler ne l'avait toujours pas réparé. Pourquoi la boîte était-elle ouverte ? Que faisait son collier juste à côté de cette étrange bougie noire ?

Tout à coup, le bruit de la douche s'arrêta.

Je ferais mieux de redescendre avant qu'elle me voie, pensa Mayra. Elle sortit de la chambre à pas de loup.

Elle préparait une salade pour le repas de midi lorsque Mme Cottler entra dans la cuisine. Elle avait un sourire de petite fille qui a fait une bêtise.

— Je crois bien que je me suis rendormie... Je me lève un peu tard, ce matin. Mais c'est un des rares plaisirs qu'il reste à une vieille femme comme moi.

— Il fait beau, aujourd'hui, dit Mayra en repensant à son collier à côté de la bougie noire. J'ai presque fini de préparer à manger.

Mme Cottler s'approcha de Mayra.

— Tu as l'air drôlement fatiguée, Mayra, fit-elle d'un air inquiet.

— Oui, je sais. Je ne dors pas très bien, en ce moment.

— Peut-être que ta maman devrait t'envoyer au lit un peu plus tôt, dit-elle avec un sourire étrange. Au fait, Mayra, comment va ta maman ?

Finalement, se dit Mayra, elle sait très bien qui est ma mère !

Un orage éclata en début d'après-midi, ce qui les empêcha d'aller faire leur promenade quotidienne au bord du lac.

— Ce n'est pas plus mal, fit Mme Cottler. Chaque fois qu'on va là-bas, je repense à Vincent. C'est peut-être ma façon à moi de ne pas l'oublier, mais ça me fait toujours de la peine.

— Alors on fera un peu plus de lecture, dit Mayra d'un ton chaleureux, comme pour consoler la vieille dame.

Son rêve lui revint subitement à l'esprit. Elle revit le

lac, limpide et étincelant sous le soleil. Chassant les images de sa mémoire, elle prit le livre et chercha le chapitre où elles s'étaient arrêtées.

Quand Mayra sortit de chez Mme Cottler quelques heures plus tard, il pleuvait toujours. Elle descendit la rue d'un bon pas, pressée de rentrer chez elle.

Elle venait de dépasser le cimetière de Fear Street lorsqu'elle entendit des pas derrière elle.

Était-ce encore ce géant qui l'avait suivie ?

Elle tressaillit et marcha plus vite.

Qui était-ce ? Que voulait-il ?

Elle se retourna.

Ce n'était pas lui. C'était Link.

— Link ? Qu'est-ce que tu fais ici ?

Il passa la main dans ses cheveux trempés, et lui fit un grand sourire.

— Je t'attendais.

Il portait un jean noir et un débardeur bleu vif qui mettaient en valeur ses bras et son torse bronzés.

Mayra ne répondit pas à son sourire.

— Link, ne recommence pas, s'il te plaît. Je ne veux pas...

— Mais non, je dis ça pour t'embêter, fit-il en pressant le pas pour la rattraper. J'avais de la marchandise à livrer dans le quartier. Et puis je t'ai vue sortir, c'est pour ça que...

Elle jeta un coup d'œil derrière lui. Il y avait une camionnette rouge au milieu de la rue. Link avait laissé sa portière ouverte.

— C'est à toi, cette camionnette ?

— Disons qu'ils me la prêtent quand il y a des livraisons, fit-il avec un grand sourire. Tu veux faire un tour ?

Il avança la main vers celle de Mayra, mais elle recula aussitôt.

— Non.

Elle pensa à Walker. Elle se demandait ce qu'il était

en train de faire. Elle décida de l'appeler en arrivant chez elle.

— Allez, je te ramène chez toi, Mayra. Regarde, il va bientôt tomber des cordes.

— Non, répéta-t-elle.

— Je te ramène à la maison, c'est tout. Je te promets, je ne dirai pas un mot.

Mayra hésitait. C'est vrai que le ciel était menaçant.

— Tu me jures que tu ne vas pas me demander de ressortir avec toi, ou quelque chose du style ?

Il leva la main droite.

— Je le jure. Je ne te demanderais jamais une chose aussi terrible ! dit-il en riant.

Elle le suivit et monta dans la camionnette.

Elle referma la porte et regarda Link passer devant le véhicule pour monter de l'autre côté. Il est vraiment beau, quand même, se dit-elle.

Link s'assit au volant et lui lança un de ses sourires ravageurs.

— Tu as l'air fatiguée, Mayra. Je sais ce qu'il te faut. Une bonne petite promenade en voiture ! dit-il en posant la main sur son épaule. Et si on passait par le bord de la rivière ?

Mayra lui donna une petite tape sur la main.

— Link ! Tu as promis !

Elle fit mine de vouloir sortir de la voiture.

Il démarra. Ils descendirent le long de Fear Street.

— Tu sais qui j'ai vu, hier ? demanda Link. Kerry Post.

Kerry était un ami de Link. Elle l'aimait bien, et elle se rendit compte qu'elle n'avait même pas pensé une seule fois à lui depuis leur rupture.

— Il va bien ?

— Ouais ! Il est de plus en plus bizarre ! Tu sais ce qu'il fait, comme boulot l'été ? Il se promène déguisé en cornet de glace.

— Tu rigoles ?

— Pas du tout. Il travaille dans le quartier de Old Village. Il pousse son petit chariot de glaces et il fait carillonner une clochette toute la journée ! Je lui ai toujours dit qu'il était un peu sonné !

Mayra riait.

— Et sa copine, Alice ?

— J'imagine qu'elle fait tout ce qu'elle peut pour éviter Kerry, en ce moment !

Ils se mirent à rire tous les deux. Elle regardait Link du coin de l'œil. Elle avait oublié à quel point il pouvait être drôle. Elle était contente d'être avec lui, elle était bien, c'était presque comme avant.

Il remarqua qu'elle le regardait. Il remit sa main sur l'épaule de Mayra.

— Alors, et cette promenade le long de la rivière ? dit-il d'une voix douce. Juste pour parler.

Elle allait dire oui : après tout, ils ne faisaient de mal à personne.

Non, se dit-elle en pensant à Walker, ce n'est pas bien. C'est fini avec Link. Bien sûr, il est gentil et il me manque, de temps en temps. Oui, je suis bien avec lui. Mais maintenant, je sors avec Walker.

— Link, ramène-moi chez moi, s'il te plaît.

Elle tourna la tête vers lui. Il avait l'air très déçu. Il était même plus que déçu, remarqua-t-elle, il avait l'air d'être en colère.

Ils n'échangèrent pas un mot pendant le reste du chemin.

Il la déposa au coin de la rue et Mayra sortit sans lui dire au revoir. Elle courut jusque chez elle. À sa grande surprise, Donna l'attendait devant la porte. Elle portait un mini-short vert et un tee-shirt très court, ce qui lui donnait l'air encore plus menue qu'elle n'était.

— Qui c'était, le mec qui t'a déposée ? demanda Donna d'un air curieux.

— Link, répondit Mayra d'une petite voix. J'aimerais bien qu'on parle d'autre chose, s'il te plaît.

Donna haussa les épaules.

— Il s'accroche, hein ?

— Ce n'est pas vraiment ce que j'appellerais parler d'autre chose, fit Mayra d'un ton sec.

Elle ouvrit la porte et fit entrer Donna. Il faisait bon dans la maison.

— Bon d'accord, on change de sujet : Mme Cottler va bien ? demanda Donna en s'asseyant dans le canapé en cuir.

— Elle est bizarre.

— Est-ce que tu préfères que je change encore de sujet ? fit Donna en s'étirant. J'ai vu Walker au centre commercial cet après-midi. Il m'a dit que tu avais encore... euh... que tu avais encore fait ce drôle de rêve.

— Je t'aurais appelée ce soir, dit Mayra.

— Tu veux m'en parler ?

— Il n'y a pas grand-chose à dire, soupira Mayra.

— Eh bien, on ne peut pas dire que tu sois très bavarde, aujourd'hui.

Mayra pensait encore à Link, à la façon dont elle s'était sentie attirée par lui. Les deux jeunes filles eurent du mal à se dire quelque chose, comme deux personnes qui se voient pour la première fois. Elles commencèrent par parler de la pluie et du beau temps : la nouvelle coiffure de la cousine de Donna, la Porsche que les parents de Peter Goodwin venaient d'acheter, le dernier film avec Tom Cruise...

— Ah, au fait, dit Donna tout à coup. Il y avait un type qui te cherchait, tout à l'heure.

— Qui ça ?

— Un certain Cal... quelque chose. Je ne me rappelle pas. Tu le connais ?

— Non, qu'est-ce qu'il voulait ?

Mayra sentait une boule se former dans son ventre.

— Je ne sais pas. Je t'attendais ici, et il s'est approché pour me demander si tu étais là. C'était un type immense avec des muscles énormes et un gros cou.

— Oh, non.

— Mayra... Qu'est-ce qui t'arrive ? Tu es toute pâle !

— Ce n'est rien. Enfin j'espère. Comment est-ce qu'il a trouvé mon adresse ? Il t'a dit ?

— Non. Euh... si. Il a dit que c'est Mme Cottler qui la lui a donnée.

Mme Cottler ? Ce type connaissait Mme Cottler ? Pourquoi lui avait-elle donné l'adresse de Mayra ?

— Qu'est-ce qu'il voulait ? demanda de nouveau Mayra.

— Il ne me l'a pas dit. Je lui ai juste répondu que tu n'étais pas chez toi. J'espère que j'ai bien fait. Il avait l'air un peu bizarre.

— Normal : il est bizarre, confirma Mayra.

Elle lui expliqua comment elle avait vu Cal pour la première fois, à côté du cimetière de Fear Street.

— Bon, si ça se trouve, il veut seulement te vendre un journal ou quelque chose comme ça, fit Donna.

— C'est ça, répondit Mayra d'un ton ironique.

— Mais sinon, alors, tu as trouvé pourquoi tu deviens somnambule ? coupa Donna.

Il fallut quelques secondes à Mayra pour répondre.

— J'aimerais bien savoir.

— Une fois, j'ai vu un film. La fille était somnambule, elle se relevait toutes les nuits, continua Donna en se grattant le genou.

— Formidable ! Tu vas me raconter l'histoire, j'espère ? fit Mayra, sarcastique.

— Oui. Elle était somnambule parce qu'elle voulait tuer un type qui...

— Donna, s'il te plaît...

— Mais elle avait peur de le tuer en vrai. Alors elle

était somnambule et un jour elle a fini par le tuer en dormant. Seulement, personne n'a pu l'accuser de meurtre, vu qu'elle dormait quand elle l'a tué.

— Donna, fiche-moi la paix avec tes histoires d'horreur !

— Mais si ça se trouve, il y a quelqu'un que tu voudrais tuer, et...

— Oui ! Toi ! fit Mayra en se jetant sur Donna comme si elle voulait l'étrangler.

— D'accord, d'accord, laisse tomber. C'est quoi, alors, ta théorie ? demanda Donna.

— Quelle théorie ?

— Eh ben... pourquoi tu es somnambule.

— Ma théorie, c'est...

Mayra s'interrompit. L'idée lui vint tout à coup, comme une illumination. Elle se demanda presque comment elle n'y avait pas pensé plus tôt, tant cela lui paraissait évident.

— Ma théorie, c'est que Mme Cottler fait de la sorcellerie et qu'elle m'a jeté un sort pour que je devienne somnambule.

Donna éclata de rire.

— Excellent, Mayra ! C'est presque aussi bien que le film !

Mayra rit à son tour.

Mais elle revoyait Mme Cottler assise sur son lit, les yeux fermés. Elle repensait à la bougie noire et à son collier. Elle se rappela que Stéphanie avait dit que, pour jeter un sort à quelqu'un, il faut avoir quelque chose qui lui appartient. Tout au fond d'elle-même, elle sentait qu'elle avait raison, que cette histoire de sorcellerie n'était pas aussi ridicule qu'elle en avait l'air.

11

— Maman, est-ce que je peux arrêter d'aller chez Mme Cottler ?

Mme Barnes, avec son tablier à rayures rouges et blanches, retournait les steaks sur le barbecue. Elle faisait la grimace à cause de la fumée.

— Maman, tu as entendu ce que je t'ai dit ?

— Non. Tu m'as parlé ? les steaks sont presque cuits. Appelle Kim et Donna.

— Mais je t'ai demandé quelque chose. Est-ce que je peux arrêter de travailler chez Mme Cottler ?

Mme Barnes fronça les sourcils. Elle chassa d'un coup sec un moustique posé sur son bras.

— Je croyais qu'on ne devait pas en parler de tout le week-end, tu te rappelles ? Qu'on était venues à Monolac juste pour te changer les idées ?

C'est Mme Barnes qui avait subitement eu l'idée de cette excursion. Elle avait demandé à son frère de leur prêter son bungalow, juste au bord d'un des plus jolis lacs de la région. Elle avait invité Donna pour faire plaisir à Mayra et pour lui tenir compagnie.

Le médecin à qui elle avait parlé lui avait dit qu'il serait bon que Mayra change un peu d'air. Un week-end au bord du lac, loin de Mme Cottler et de Fear Street semblait tout à fait indiqué ; Mayra avait aussitôt approuvé l'idée de sa mère.

Elle avait dit à Walker qu'elle ne pourrait pas sortir

avec lui le samedi soir comme prévu. Il avait eu l'air un peu déçu, mais il s'était montré très compréhensif.

— Allez, amuse-toi bien, et oublie un peu toutes ces histoires.

Mais c'était plus facile à dire qu'à faire. Le samedi après-midi, elle partit faire une promenade en barque avec Donna, qui portait le même mini-short et le même tee-shirt court que le mardi précédent. Mayra, elle, avait enfilé un long tee-shirt vert sur son maillot de bain une pièce. Il faisait un temps magnifique, et le lac scintillait sous le soleil comme dans un conte de fées.

— Qu'est-ce que c'est beau ! s'exclama Donna.

— Hein ? Quoi ? fit Mayra, perdue dans ses pensées.

Elle pensait à Mme Cottler, à son collier, à ses sorties nocturnes à Fear Street, la rue de Mme Cottler.

Il n'y avait pas le moindre doute à avoir : Mme Cottler était folle ! Elle n'avait pas oublié son séjour à l'hôpital et, comme elle n'aimait pas Mme Barnes, elle voulait se venger sur Mayra. C'est pourquoi elle lui avait jeté un sort pour qu'elle devienne somnambule.

Il y a deux choses à faire absolument, conclut-elle. D'abord, récupérer mon collier. Ensuite, cesser de travailler chez cette femme, m'en éloigner le plus possible.

Soudain, elle vit Donna debout devant elle dans la barque.

— Eh ! Donna ! Qu'est-ce que tu fabriques ?

— J'essaie de te sortir de tes pensées ! dit Donna en riant. Ça fait au moins cinq minutes que je te parle, je parie que tu n'as pas entendu un traître mot de ce que j'ai dit ?

— Euh... Non, désolée. J'étais en train de... de penser.

— C'est une très mauvaise habitude.

Donna se rassit ; elle parlait de ce qu'elle voudrait faire après sa dernière année de lycée, mais en vain : elle voyait bien que Mayra faisait semblant de l'écouter et qu'elle avait la tête ailleurs. Au bout d'un moment, découragée, elle se tut. Les deux jeunes filles s'allongèrent dans la barque et contemplèrent le ciel sans un mot.

Mayra passa le reste de l'après-midi seule dans le bungalow, pour se reposer. Quand elle en ressortit, le soir, Donna était en train de jouer avec Kim au bord du lac, et sa mère allumait le barbecue.

— Alors, je peux arrêter de travailler chez Mme Cottler ? demanda Mayra.

— Tu sais, on a vraiment besoin de cet argent, dit Mme Barnes en surveillant le feu. C'est un travail idéal, Mayra, ça ne demande pas trop d'efforts et tu es bien payée. Pourquoi veux-tu arrêter ?

Pourquoi ?

Que pouvait-elle répondre ? Elle ne pouvait pas expliquer à sa mère pourquoi elle ne voulait plus voir Mme Cottler : « C'est une sorcière et elle m'a jeté un sort pour que je devienne somnambule. » Mme Barnes n'avalerait jamais une histoire pareille et elle lui rirait au nez pendant des semaines.

— Euh... je veux juste arrêter.

Plutôt maigre, comme argument, se dit Mayra.

— Non, tu gardes ce boulot, dit Mme Barnes en fermant les yeux car un coup de vent venait de lui rabattre la fumée en plein visage. Ça ne te ressemble pas, de laisser tomber un boulot comme ça, juste parce que ça ne te plaît pas. Pense un peu à tous les vêtements que tu vas pouvoir t'acheter pour la rentrée.

— Mais maman... Je crois que c'est à cause de ce travail que je deviens somnambule.

Elle regretta aussitôt d'avoir dit cela.

Sa mère lui jeta un regard exaspéré.

— Si tu deviens somnambule chaque fois que tu commences un nouveau boulot, on n'a pas fini !

— Ce... ce n'est pas ce que je voulais dire, balbutia-t-elle.

Elle tourna les talons et partit rejoindre Donna et Kim. Elle se sentait ridicule.

Kim avait fait la connaissance d'un petit garçon qui devait avoir deux ou trois ans de moins qu'elle et qui s'appelait Andy. Kim, Donna et Andy étaient tous les trois en train de creuser un trou dans le sable.

En voyant sa sœur, Kim se leva d'un bond et laissa tomber sa pelle.

— Eh ! fit-elle à Donna et à Andy. Devinez qui je suis.

Elle ferma les yeux, étendit les bras devant elle et se mit à marcher sur le sable en ronflant aussi fort qu'elle pouvait.

— J'ai trouvé ! s'écria Donna en pouffant de rire. Tu es Mayra !

— Ce n'est pas marrant, coupa Mayra. Arrête de l'encourager.

Donna haussa les épaules. Kim baissa les bras et ouvrit les yeux.

— Si ! C'est très, très drôle, idiote.

— Kim, ne me traite pas d'idiote, s'il te plaît. Je crois qu'il est temps qu'Andy retourne chez lui, c'est l'heure de manger.

— Regarde ! dit Andy à Mayra en lui montrant la petite voiture en plastique qu'il tenait.

Il prit son élan et lança la voiture dans le lac.

Mayra regarda le jouet tomber dans l'eau.

— Elle flotte, fit Andy, tout fier.

— Non ! hurla Mayra, sous les yeux stupéfaits des autres.

Elle ne quittait pas des yeux la petite voiture et, les mains sur les oreilles, elle criait de toutes ses forces.

— Non ! Non ! Non !

Mme Barnes l'entendit et accourut aussitôt au bord du lac.

— Mayra ? Qu'est-ce qui t'arrive ?
— Non ! Non ! Non !
Mayra mit du temps à se calmer.
Mais elle n'arrivait toujours pas à expliquer ce qui l'avait fait hurler à ce point.

12

— Dépêche-toi, Donna, il faut que j'y aille, moi ! dit Mayra.

— Désolée, mais j'ai dû aider maman à la maison. Tu diras à ta mère que c'est vraiment très gentil de me prêter sa voiture.

Elle portait un tee-shirt Hard Rock Café avec un bermuda en jean.

— Ne t'inquiète pas, je crois que ça ne la privera pas trop : de temps en temps, c'est une de ses copines qui passe la chercher pour aller au travail. Au fait, elle a dit que le réservoir était plein, dit Mayra en jetant un coup d'œil à sa montre d'un air soucieux.

Elle tendit les clés à Donna.

— C'est vraiment galère d'avoir un dentiste à l'autre bout de la ville. Il n'y a même pas un bus qui va jusque là-bas. Merci encore !

Elle se dirigea vers la porte puis se retourna au moment de sortir.

— Au fait, Mayra, comment ça va, toi ?

— Moi ? Oh, bien.

— Tu as l'air un peu sur les nerfs.

— Non, c'est juste parce que je vais arriver en retard chez Mme Cottler.

— Désolée, répéta Donna. Dis à Mme Cottler que c'est ma faute.

— Alors, elle va sûrement te jeter un mauvais sort, à toi aussi, dit Mayra en essayant de plaisanter.

— Tu es sûre que ça va aller ?

— Mais oui. Je ne sais vraiment pas ce qui m'a pris hier, au lac. C'est sans doute parce que je suis fatiguée.

— Tu n'arrives pas à dormir ?

— J'ai peur de m'endormir et de refaire ce rêve bizarre. J'ai peur de me retrouver je ne sais où au milieu de la nuit. Alors...

— Tu te forces à ne pas dormir ?

— Oui.

— C'est une drôle d'histoire, tout ça, fit Donna en hochant la tête.

— Comme tu dis, ajouta Mayra d'un ton amer.

Elle regarda une nouvelle fois sa montre et poussa Donna en souriant, comme pour la mettre à la porte.

— Allez, allez ! fit-elle. Ouste ! Va vite chez ton dentiste ! Je suis vraiment très en retard.

— Bon, bon, j'y vais. Tu sais, Mayra, peut-être que tu devrais arrêter de travailler chez cette femme.

— Maman ne veut pas en entendre parler. Tiens, dit-elle en regardant le ciel menaçant, et si tu me déposais ?

— Ah, non, je ne peux pas, je n'ai pas envie.

Elle éclata de rire, mais Mayra ne réagit pas.

— Eh ! Je rigole ! Tu n'es vraiment pas marrante quand tu ne dors pas, dis donc.

Donna ouvrit la portière et monta dans la voiture.

— Il n'y a pas que ça. Tout va de travers cet été, dit Mayra en regardant encore sa montre.

Elle voyait déjà Mme Cottler en train de l'attendre dans cette vieille maison étrange au bord du lac.

Mayra descendit de la voiture et dit au revoir à Donna. En voyant Mme Cottler sur le pas de la porte, elle lui cria bonjour, mais la vieille femme semblait observer Donna et ne répondit pas.

Avec sa chemise blanche, sa jupe plissée blanche, ses cheveux noirs et son teint de rose, Mme Cottler paraissait deux fois plus jeune que son âge.

— Mayra, il faut que je te parle, dit-elle en ouvrant la porte.

— Je... je suis vraiment désolée d'être en retard, balbutia Mayra. J'ai dû attendre ma copine, et...

— Ce n'est pas grave, coupa Mme Cottler. Il faut que je te dise quelque chose.

Va-t-elle avouer qu'elle m'a jeté un sort ? pensa aussitôt Mayra.

Ou bien va-t-elle me dire qu'elle veut me mettre à la porte ?

Elle se sentit soudain très angoissée. Elle avait froid. Pourquoi faisait-il si froid dans cette maison alors que le thermomètre marquait au moins trente degrés dehors ?

Mme Cottler s'appuyait sur sa canne et la regardait en souriant.

— Il faut que je m'absente pendant quelques jours.

— Ah ! laissa échapper Mayra, à la fois surprise et soulagée.

— Ma sœur ne va pas très bien, continua Mme Cottler en réajustant le col de sa chemise. Je vais passer quelques jours chez elle dans le Vermont pour voir ce que je peux faire pour l'aider.

— Vous n'aurez pas besoin de moi, alors ? demanda Mayra.

Elle essayait de ne pas trop montrer qu'elle était contente, mais elle sentait la joie monter en elle.

— Non, mais j'aimerais juste que tu viennes donner à manger à Hazel, je ne peux pas l'emmener avec moi. Et si tu pouvais aussi prendre le courrier et arroser les plantes...

— Bien sûr !

Elle s'en va, elle s'en va ! se disait Mayra. Peut-être que je vais enfin pouvoir dormir normalement, au moins pendant quelques jours.

— Bien entendu, reprit Mme Cottler, tu seras payée comme d'habitude.

— Merci. C'est très gentil.

Mais c'est moi qui vous paierais pour que vous partiez ! pensait Mayra.

— Bien, je sais que tu prendras soin de Hazel et de la maison pendant que je serai partie.

Le chat semblait ne pas en avoir l'air aussi sûr ; il ne quitta pas sa maîtresse de la matinée, comme s'il savait qu'elle allait bientôt le laisser.

— Oui, je viendrai tous les jours. Sans faute. Quand partez-vous ? demanda Mayra, en espérant que sa voix ne trahissait pas sa joie.

— Demain matin. Mon beau-frère va venir me chercher. Il devrait arriver cet après-midi, et nous partirons demain. Ah, tiens ! fit-elle en se dirigeant vers l'évier, il faudrait que je termine ce que j'étais en train de faire.

Elle prit un immense couteau de cuisine. Mayra n'en avait jamais vu d'aussi grand ailleurs que chez le boucher. Mme Cottler découpait quelque chose avec acharnement, en levant le couteau bien haut et en le rabattant de toutes ses forces.

Mayra s'approcha de l'évier pour voir d'un peu plus près ce qu'elle fendait avec tant d'énergie, et recula. Elle se sentait mal.

On aurait dit une main.

La vieille dame se retourna et vit la mine dégoûtée de Mayra. Elle avait un drôle de sourire.

— Mayra ? Qu'est-ce que tu as ?

— C'est... c'est ce que vous êtes en train de couper, là...

Mme Cottler se mit à rire.

— Eh bien ? Tu n'as jamais vu des pieds de cochon ? Ma sœur adore ça.

Et elle se remit à l'ouvrage.

Des pieds de cochon ? Mais ça ne ressemble pas à ça ! se dit Mayra.

Clac ! Clac ! Clac !

Mme Cottler avait l'air si contente de faire ça...

Clac ! Clac ! Clac !

Mayra était à la fois fatiguée et énervée quand elle rentra chez elle l'après-midi. Il pleuvait. Elle fouilla dans son sac pour chercher ses clés, ouvrit la porte et entra.

— Maman ! Tu es là ?

Pas de réponse.

Elle entra dans la cuisine pour jeter un coup d'œil à l'horloge. Il était quatre heures et demie. Kim rentrerait du centre aéré vers cinq heures.

À peine avait-elle ouvert le réfrigérateur pour prendre à boire que le téléphone sonna. Elle courut répondre.

C'était sa mère.

— Mayra, je suis encore à l'hôpital. Il y a eu un accident.

Mayra frissonna.

— Un accident ? Qui ça ?

— Donna. Elle vient d'arriver aux urgences. Je... euh... elle a eu un accident avec la voiture. C'est assez grave.

13

— Donna, ça va ? Tu as une drôle de voix.

Mayra serrait si fort le combiné que sa main commençait à lui faire mal.

Donna avait la voix enrouée et lointaine.

— Oui, je sais. C'est sûrement à cause de tous les médicaments qu'ils m'ont donnés.

— Tu as très mal ?

Il y eut un long silence.

— Non, plus maintenant. Je... Attends, Mayra. Il y a une infirmière qui vient d'entrer pour me redonner des médicaments.

Dieu merci, elle est vivante, se dit Mayra. Elle va s'en sortir.

— Mayra ? murmura Donna à l'autre bout du fil. Ne t'en fais pas, ça va aller.

— Maman m'a dit que tu avais une jambe cassée.

— Oui, et aussi un poignet. Et quelques côtes.

Sans savoir pourquoi, Mayra repensa à Mme Cottler avec son couteau de boucherie, en train de découper les pieds de cochon.

— Ta mère a été super, reprit Donna. J'ai vraiment eu la trouille en voyant que j'avais des tuyaux partout. Mais elle m'a tout expliqué. J'ai de la chance, finalement.

— De la chance ?

Mayra avait les mains moites. Elle se coinça le combiné entre l'épaule et le menton et s'essuya les mains.

— Oui. Cet abruti a essayé de me tuer. J'en suis sûre.

Mayra, abasourdie, ne savait pas quoi dire. « Cet abruti » ? De qui Donna voulait-elle parler ?

Elle se dit que c'étaient peut-être les médicaments qui rendaient Donna bizarre.

— Donna ? Qu'est-ce que tu viens de dire ?

— Il a voulu me rentrer dedans pour me faire sortir de la route.

— Mais qui ça ?

— Je ne sais pas. Je n'ai vu que sa voiture. Euh... c'était une camionnette, plutôt. Il pleuvait des cordes. Je n'ai pas pu voir sa tête, il avait descendu son pare-soleil trop bas.

— Une camionnette ?

— Oui. Il roulait derrière moi et il a commencé à me tamponner. J'ai eu la peur de ma vie. J'ai accéléré, mais il me rentrait dedans de plus en plus fort. Ça glissait à cause de la pluie. Il n'y avait pas moyen de sortir de la route ni rien...

La voix de Donna semblait de plus en plus lointaine.

— Donna ? Ça va ? Tu m'entends ?

— Après, il m'a doublée et il m'a poussée sur le côté. Il devait rouler vite. Et sa voiture était tellement plus grosse que la pauvre petite Toyota de ta mère. Je... j'ai perdu le contrôle.

— Et tu es sortie de la route ?

— Non, pas tout à fait... Il y avait une rambarde en béton, et je me la suis prise en plein sur le côté. J'ai rebondi plusieurs fois. Il y avait du verre cassé partout, ça a fait un bruit épouvantable... Je crois que je n'oublierai jamais ce bruit. On aurait dit une explosion. Oh... Mayra, je suis vraiment fatiguée... J'ai l'impression que mes yeux se ferment tout seuls.

Une affreuse pensée traversa l'esprit de Mayra.

— Donna ? De quelle couleur elle était, cette camionnette ?

— C'était une petite camionnette.
— Oui, mais de quelle couleur elle était ?
— Hein ?
— Réfléchis bien, c'est très important.
— Elle était... euh... elle était rouge. Mayra, je voudrais dormir, maintenant... Ces médicaments...
Sa voix était à peine audible.
— Salut, Donna. Je viendrai bientôt te voir.
Mayra attendit une réponse, mais apparemment Donna s'était déjà endormie.
La camionnette de Link est rouge, pensa Mayra.
Et Link était fou de rage la dernière fois que je l'ai vu. Il était tellement en colère qu'il ne pouvait même plus parler.
Mayra raccrocha enfin le téléphone. Elle se rendit compte qu'elle tremblait de tous ses membres. Et ce n'était pas de froid. C'était quelque chose qui partait de son cerveau et qui lui descendait dans tout le corps. C'était la peur.
C'est impossible que ce soit Link, se dit-elle en respirant à fond pour arrêter de frissonner. C'est impossible.
Mais que ce soit Link ou non, ce n'est pas à Donna qu'il en voulait : Donna conduisait notre voiture, et c'est moi qui étais visée.

Walker s'empressa de raccrocher le téléphone quand il vit Mayra entrer dans sa chambre.
— Ah, salut ! fit-il. Je ne t'attendais pas.
Il semblait plus nerveux que de coutume. Il était tout rouge. Il portait un short blanc et un débardeur blanc.
— Tu parlais à ta petite amie ? demanda Mayra en riant.
— Ha, ha, très drôle.
Elle l'embrassa sur la joue.
— Bonjour, monsieur !

— Qu'est-ce que tu fais là ?

Mayra s'attendait à un accueil un peu plus chaleureux.

— Je voulais te parler. J'ai plein de choses à te raconter.

Il passa à côté d'elle et alla à la fenêtre. Le soleil venait de descendre derrière les arbres, mais il faisait encore chaud et humide. Walker regardait dehors.

Mayra eut soudain l'impression d'être une étrangère.

— Ta mère m'a dit que je pouvais monter dans ta chambre, dit-elle comme pour s'excuser.

— Elle a bien fait, répondit-il sans se retourner.

— Tu n'as pas l'air content de me voir.

Pourquoi était-il si froid ? Était-ce seulement sa timidité ?

— Mais bien sûr que si, je suis content, dit-il en venant lui passer le bras autour des épaules. Je veux te montrer un nouveau tour de magie.

— Non, Walker. Pas ce soir, s'il te plaît. Je veux te parler, il faut vraiment que je te parle.

Il avait l'air déçu.

— Bon, d'accord. On n'a qu'à descendre et s'asseoir au salon.

Elle le suivit au salon. Ils s'assirent côte à côte sur le canapé en cuir et discutèrent sans s'arrêter pendant deux heures.

Elle lui parla de l'accident de Donna et de la camionnette rouge, de Cal, l'homme qui l'avait suivie et qui la cherchait...

— Bon, je sais que tu vas te moquer de moi, dit-elle, mais il faut que je te dise quelque chose : je crois que Mme Cottler m'a jeté un sort et que c'est pour ça que je suis somnambule.

Mais Walker ne se moqua pas d'elle. Il l'écouta jusqu'au bout avec beaucoup d'attention en acquiesçant de temps à autre.

— Il se peut que tu aies raison, dit-il lorsqu'elle eut terminé.

— Tu ne penses pas que je suis en train de devenir zinzin ?

— Pas du tout. Les sorcières, ça n'existe pas que dans les livres et les films d'horreur.

Ils étaient serrés l'un contre l'autre, malgré la chaleur qu'il faisait. Walker avait les jambes croisées et il avait passé un bras autour des épaules de Mayra.

Elle aurait voulu l'embrasser, mais elle ne pouvait pas atteindre son visage. Et puis, elle ne voulait surtout pas le distraire au moment où il allait parler de sorcellerie.

— J'ai lu beaucoup de choses sur les sorcières, dit-il. Contrairement à ce qu'on croit, il y en a beaucoup plus aujourd'hui que dans le passé. On ne les reconnaît pas forcément, mais elles sont bien là.

— C'est possible de jeter un sort à quelqu'un pour le rendre somnambule ? demanda Mayra en se serrant contre lui.

— On peut jeter n'importe quel sort à n'importe qui, dit-il d'un air songeur. Mais ce que je ne comprends pas, c'est pourquoi à toi ? Pourquoi est-ce que quelqu'un voudrait te jeter un sort, à toi ?

— Je n'en suis pas sûre, mais l'année dernière, Mme Cottler était à l'hôpital et c'est ma mère qui s'occupait d'elle. On n'a jamais compris pourquoi, mais Mme Cottler s'était mis dans la tête que ma mère voulait la tuer. Elle s'est plainte auprès des chefs, elle a fait un vrai scandale.

— Et tu penses que...

— Qu'elle m'a embauchée pour pouvoir me jeter un sort et se venger.

— Bizarre... fit-il en hochant la tête.

— Au fait, j'allais oublier : Mme Cottler est partie pour quelques jours.

— Parfait ! s'écria Walker.

Mayra le regarda, surprise.

— Enfin, il faudra quand même que j'y aille un peu pour donner à manger au chat, mais je pourrai passer le reste de la journée avec toi.

— Encore mieux ! fit-il. Ça nous laisse quelques jours pour faire notre petite enquête. J'irai avec toi demain, et on regardera dans ses affaires. On saura tout de suite si elle fait de la sorcellerie ou pas. Et si elle en fait, on essaiera de voir si c'est elle qui t'a jeté un sort.

Mayra pressa la main de Walker.

— Super ! Tu viendras avec moi ? Vraiment ?

— Bien sûr. Je n'aime pas te voir comme ça, tout le temps angoissée et fatiguée. Il faut qu'on trouve pourquoi tu es somnambule.

— Merci, Walker. Et surtout, merci de m'avoir crue.

Elle se jeta dans ses bras et ils s'embrassèrent longuement, passionnément, jusqu'à ce que la mère de Walker entre dans le salon pour leur demander s'ils voulaient grignoter quelque chose.

— Dis donc, Hazel, tu n'as jamais eu l'air si content de me voir. Je suis sûre que tu as faim, c'est ça ?

Le chat n'arrêtait pas de se frotter contre les mollets de Mayra en miaulant.

Mayra se retourna vers Walker.

— Viens, entre ! Ne laisse pas sortir le chat !

Walker entra d'un bond et jeta un coup d'œil à Hazel.

— Oh, un chat noir ! Il n'y a pas de doute, ta Mme Cottler est une sorcière !

— Je croyais que tu devais prendre ça au sérieux ?

— Mais je suis sérieux.

La pièce était sombre comme en pleine nuit. Les rideaux épais étaient tirés et ne laissaient pas passer le moindre rayon de lumière. Il traversa le salon et les ouvrit tout grands. Le soleil envahit la pièce.

— Eh ! Tu as vu un peu tous ces trucs ?

— Oui, je sais. Mme Cottler est une grande collectionneuse, fit Mayra en caressant le chat. Fais le tour du salon pendant que je donne à manger à Hazel.

Elle se dirigea vers la cuisine, mais le chat ne la suivait pas. Il fixait Walker, l'air soucieux.

— Allez, Hazel ! Tu ne veux pas manger ? Ne fais pas attention à Walker. Il ne fait pas de mal, il regarde, c'est tout.

Le chat miaula bruyamment, comme pour prévenir Walker, puis suivit Mayra à la cuisine d'un pas hésitant. À peine Mayra avait-elle posé son assiette par terre qu'il commençait à dévorer ses croquettes. Mayra en profita pour rejoindre Walker au salon.

La maison paraissait encore plus bizarre sans Mme Cottler. Le plafond craquait comme si quelqu'un marchait au premier étage. Les pièces sentaient le renfermé et le moisi, ce qu'elle n'avait jamais remarqué auparavant.

Alors qu'ils regardaient les bibelots, les animaux empaillés et les fleurs séchées de Mme Cottler, Mayra eut l'étrange impression que quelqu'un les observait. Elle se retourna plusieurs fois, s'attendant presque à voir la vieille dame derrière elle. Mais ils étaient seuls, évidemment.

Allez, calme-toi, se disait-elle. Mais elle n'arrivait pas à chasser cette impression désagréable.

— Qu'est-ce qu'il y a, là ? fit Walker en désignant une porte du doigt.

— C'est sa bibliothèque.

— Allons voir.

Elle le suivit dans la pièce dont les quatre murs étaient couverts de livres. Un bureau en acajou et un fauteuil en cuir noir étaient les seuls meubles de la bibliothèque. Jusqu'à ce jour, Mayra n'y était entrée qu'une ou deux fois pour prendre le livre qu'elle lisait à Mme Cottler. Elle n'avait jamais eu le temps de bien regarder.

— Il y a des livres qui ont l'air très vieux ! s'exclama Walker.

Ils commencèrent à examiner les titres des ouvrages. Sur tout un pan de mur, il n'y avait que des romans classiques, des œuvres de Shakespeare et une quantité impressionnante de pièces grecques.

— Je me demande si elle les a tous lus, dit Walker. Qu'est-ce qui se passe, Mayra ? Tu ne dis plus rien.

— Je ne sais pas, je ne suis pas très rassurée.

Elle se retourna et vit le chat dans l'encadrement de la porte qui les observait de ses grands yeux jaune-vert. Mayra s'obligea à continuer de regarder les livres.

— Regarde, Walker !

Il vint vite à côté d'elle.

— Qu'est-ce que tu as trouvé ?

— Ces livres... Regarde les titres. Ils sont tous sur la sorcellerie.

Elle lut à voix haute quelques titres, puis elle en sortit un qui avait l'air très vieux. La couverture était déchirée et jaunie. Les pages craquaient sous ses doigts.

— Regarde celui-là.

Elle lui tendit le livre. Il s'intitulait *La Seule Manière d'adorer.* Sur la première page, une enluminure représentait un diable qui souriait.

— Il date de quand, ce livre ? demanda Walker.

— Je ne sais pas, je ne vois pas de date, répondit Mayra. Mais il a vraiment l'air très vieux. Regarde, il y a plein de recettes à l'intérieur.

Elle replaça le livre sur l'étagère.

— Sur tout ce mur, il n'y a que des livres sur les sciences occultes, remarqua Walker.

Le chat miaula. Mayra sursauta.

— Tais-toi, Hazel, on regarde, c'est tout.

Alors qu'elle se baissait pour examiner une nouvelle

rangée de livres, un titre retint son attention : *Psychologie du somnambulisme.* Elle se mit à genoux pour voir de plus près ce qu'il y avait sur cette étagère. *Le Somnambulisme. Les Cas de somnambulisme.*

— Elle m'a menti, dit Mayra à haute voix.

— Qu'est-ce que tu dis ? Qu'est-ce que tu fais à genoux par terre ? dit Walker, qui tenait un énorme livre avec une reliure en cuir.

— Tout ça, ce sont des livres sur le somnambulisme, dit Mayra.

Il referma le livre.

— Ah bon ?

— La première fois que ça m'est arrivé, je lui ai demandé si elle savait quelque chose sur le somnambulisme, et elle m'a juste dit : « Ah, c'est très mystérieux. »

— Et pourtant elle a toute une collection de livres là-dessus.

— C'est clair, elle ne voulait rien me dire sur ce sujet.

Walker l'aida à se relever.

— Je commence à croire que tu avais raison, dit-il. Mme Cottler fait sûrement de la sorcellerie. Et regarde ce livre, là, le jaune... *Le Journal du somnambule.* Regarde comme il ressort de l'étagère.

— Tu veux dire qu'il n'y a pas longtemps qu'il a été sorti ? demanda Mayra.

— Exactement.

Mayra prit le livre et le posa sur la table.

— Je vais peut-être l'emporter pour le lire plus tard, dit-elle. Je crois même que je vais en prendre plusieurs.

Walker la prit dans ses bras et la serra tendrement contre lui.

— Je suis tellement contente que tu sois là, murmura-t-elle. Si j'étais tombée sur tous ces bouquins toute seule, j'aurais complètement paniqué.

— C'est vrai que c'est une drôle de bibliothèque, ça.

— Viens voir dans sa chambre. Je voudrais te montrer

les bougies noires. On trouvera peut-être d'autres trucs, là-haut.

Ils avaient presque franchi le seuil de la bibliothèque lorsque Mayra vit le cadre qui était posé sur le bureau.

— Ça alors ! s'écria-t-elle. C'est incroyable !

14

Le chat sauta comme une furie sur le bureau. Mayra ne lui prêta pas attention ; elle prit le cadre pour le regarder de plus près puis le tendit à Walker.

— Mais ce sont des photos de Stéphanie et de Link ! fit Walker, l'air aussi surpris que Mayra. Ce sont les photos de l'école de l'année dernière !

— Qu'est-ce qu'elles font sur le bureau de Mme Cottler, à ton avis ?

Mayra regardait les photographies avec insistance, comme si elle attendait qu'elles lui répondent.

Le chat donna un coup de patte à Mayra, qui se recula juste à temps.

— Hazel, ça ne va pas, non ? Tu ne veux pas que je prenne ces photos ? Tu veux qu'on s'occupe un peu plus de toi, c'est ça ?

Mayra reposa le cadre sur le bureau. Elle ouvrit le tiroir du milieu, dans l'espoir de trouver une réponse à sa question. Elle y trouva toute une collection de photographies, de blocs-notes, de lettres et de cartes.

— Walker, regarde !

Elle venait de tomber sur une autre photographie de Stéphanie, qui devait dater de deux ou trois ans.

Mayra continua de fouiller dans le tiroir pour essayer de comprendre.

— Si jamais tu trouves une photo de moi là-dedans, ne me le dis pas, s'il te plaît ! dit Walker en riant.

Il avait beau essayer de plaisanter, Mayra entendit bien à sa voix qu'il avait peur.

Elle sortit un paquet de photographies pour les examiner une à une.

— Je vais peut-être même trouver une photo de ce Cal !

— Tu veux dire le mec qui t'a suivie l'autre jour ?

— Oui. Je suis presque sûre qu'il a quelque chose à voir dans toute cette affaire. Qui sait, c'est peut-être le fils de Mme Cottler !

Mayra trouva une carte d'anniversaire ; elle l'ouvrit.

— Tiens, tiens !

— Quoi ? Lis-la vite !

— Écoute un peu ! « Joyeux anniversaire, Tante Lucy. Grosses bises. » Signé Stéphanie.

— Tante Lucy ?

— Alors Mme Cottler, c'est la tante de Stéphanie ! s'écria Mayra. Et de Link ! Bien sûr ! C'est Stéphanie qui m'avait parlé de ce boulot d'été ! C'est drôle, elle ne m'a jamais dit que Mme Cottler était sa tante...

— Oui... c'est curieux, ça, approuva Walker.

Mayra remit les photographies et les cartes dans le tiroir.

— Peut-être que Stéphanie est au courant que sa tante fait de la sorcellerie ? Peut-être même qu'elles sont toutes les deux en train de s'acharner contre moi pour me faire croire que je deviens folle ?

— Calme-toi, Mayra, calme-toi.

— Et mon collier ? Il faut à tout prix que je récupère mon collier ! Et après il faudra que j'aille chercher mon foulard chez Stéphanie !

— Ton foulard ?

— Oui. Et que j'arrête de travailler pour cette sorcière. Que je m'en aille le plus loin possible d'elle et de ses chers petits neveux !

Elle repoussa violemment le tiroir et sortit de la bibliothèque en courant.

— Mayra ? Où tu vas comme ça ? demanda Walker, perplexe.

— Je viens de te le dire, je vais là-haut récupérer mon collier.

Elle monta les escaliers quatre à quatre. Hazel lui emboîta le pas et manqua de la faire trébucher à plusieurs reprises.

Elle traversa le couloir à grandes enjambées puis entra dans la chambre de Mme Cottler. La petite boîte à bijoux était toujours à la même place sur une des deux commodes.

Elle se dirigea tout droit vers la boîte et l'ouvrit.

— Oh !

La boîte à bijoux était vide.

Le collier de Mayra avait disparu.

— Eh, pas si vite ! fit Donna. Je ne comprends rien à ton histoire ! Tu délires ou quoi ?

Mayra avait eu un choc en entrant dans la chambre de Donna, à l'hôpital. Elle ne s'attendait pas à voir son amie dans le plâtre de la tête aux pieds, avec des tuyaux partout, pratiquement incapable de bouger un orteil.

Donna semblait avoir au moins retrouvé sa bonne humeur et son sens de l'humour : elle n'avait pas cessé de médire de la nourriture, et avait raconté comment une des infirmières s'était malencontreusement assise sur son bras plâtré en lui donnant ses médicaments... !

Mais après cela, un silence pesant s'était installé entre les deux amies. Elles avaient beau bien se connaître, elles ne savaient pas trop quoi se dire. Mayra s'était creusé la tête pendant un moment pour trouver un sujet de conversation. Puis, n'y tenant plus, elle raconta tout à Donna : sa visite dans la bibliothèque de Mme Cottler avec Walker la veille ; que la vieille dame faisait de la sorcellerie, qu'elle était la tante de Stéphanie et de Link, et que Stéphanie faisait de la sorcellerie elle aussi.

— Mais tu ne crois pas que tu y vas un peu fort ? demanda Donna. C'est vraiment n'importe quoi !

— Comment ça, c'est n'importe quoi ?

— Mais tu n'as aucune preuve de ce que tu avances, Mayra ! Tu as juste la preuve que Stéphanie et Link sont les neveux de Mme Cottler, la belle affaire ! Stéphanie t'a certainement dit que Mme Cottler était sa tante quand elle t'a parlé du boulot, et tu n'as pas fait attention, c'est tout. Mme Cottler s'intéresse peut-être à la sorcellerie et à la magie, mais ça ne prouve pas qu'elle t'a jeté un sort !

— N'empêche que tout coïncide, insista Mayra d'un ton impatient. Je suis somnambule depuis que je travaille chez Mme Cottler. Depuis que j'ai laissé mon collier chez elle.

— Oh ! gémit Donna.

— Qu'est-ce que tu as ? Tu trouves que je suis cinglée, hein ?

— Mais non ! Ça me démange dans le cou et je ne peux pas me gratter.

Mayra se pencha sur le lit et gratta Donna dans le cou.

— Heureusement que je suis passée te voir, hein ?

— Mayra, je sais que ça t'inquiète d'être somnambule mais là, je crois vraiment que tu te trompes. On est au XXe siècle, tu sais, les gens ont autre chose à faire que de jeter des mauvais sorts aux autres.

— Walker dit qu'il y a beaucoup plus de gens qu'on ne croit qui font de la sorcellerie. Et qu'il y en a encore plus aujourd'hui qu'au Moyen Âge.

Donna gémit une nouvelle fois.

— Ça te gratte encore ? demanda Mayra.

— Non, non, mais j'ai envie de dormir, tout à coup. Ça doit être à cause de ces comprimés. Excuse-moi. Tu peux revenir plus tard ? Je vais essayer de réfléchir à toute cette histoire, je suis sûre qu'à nous deux, on finira bien par en trouver le fin mot. Merci d'être venue.

— Je reviendrai bientôt, d'accord ? dit Mayra en se levant.

— Tu ferais mieux de dormir un peu, toi aussi !

— J'aimerais bien.

Le moral à zéro, elle sortit de la chambre de Donna et traîna les pieds jusqu'à l'arrêt de bus.

La tête appuyée contre la vitre, Mayra pensait à ce qu'elle allait faire chez elle en rentrant, quand elle eut l'idée de rendre visite à Stéphanie.

Elle regarda sa montre. Il était presque cinq heures. Stéphanie serait sans doute chez elle, et Link ne serait pas encore rentré du travail ; c'était le moment idéal.

Elle descendit du bus et dut marcher un peu avant d'arriver chez Stéphanie. Le soleil, d'un beau rouge orangé, était déjà bas dans le ciel. L'air était frais et sec.

Mayra respira profondément. Qu'est-ce que je vais lui dire ?

Je vais juste lui dire que j'ai tout compris à leur manège.

Bien sûr, elle niera tout en bloc.

Alors je lui raconterai ce que j'ai vu chez Mme Cottler. Je lui dirai que je sais que cette vieille sorcière est sa tante.

Et je lui dirai que je sais pourquoi elle a emporté mon foulard.

Et puis quoi ?

Qu'elle doit arrêter. Qu'elle et sa tante doivent arrêter de me faire ça.

Encore une rue. Un petit chien courut vers elle à bride abattue, mais sa chaîne était trop courte pour lui permettre d'atteindre Mayra : il s'arrêta tout net avant de tomber à la renverse en jappant de surprise.

Elle ne put se retenir de rire. Que les chiens sont bêtes !

Elle repensa soudain à Hazel qui, au contraire, avait l'air particulièrement intelligent. Il avait bien montré qu'il n'avait pas apprécié que Mayra et Walker se promènent dans la maison de Mme Cottler, et on aurait dit qu'il était très content de les voir partir. Quel étrange animal...

Mayra arriva chez Stéphanie. La porte d'entrée était grande ouverte.

— Il y a quelqu'un ? demanda Mayra en faisant un pas dans la maison.

Je voudrais déjà voir la tête de Stéphanie quand elle va me faire ses grands yeux innocents, pensait Mayra. Mais pour une fois, elle ne s'en sortira pas comme ça.

— Stéphanie, tu es là ? insista-t-elle.

Toujours pas de réponse.

Mayra avança jusqu'au salon. Se retrouver dans cette maison lui faisait un drôle d'effet. Rien n'avait changé depuis la dernière fois qu'elle était venue, et pourtant elle avait l'impression qu'elle n'avait pas mis les pieds chez eux depuis une éternité.

— Stéphanie ! appela-t-elle depuis le bas des escaliers.

Elle leva les yeux vers le palier du premier étage ; la porte de la chambre de Stéphanie était fermée. Elle est peut-être dans sa chambre et elle ne m'entend pas, se dit Mayra.

Le cœur battant, elle monta les escaliers à pas de loup. Elle appréhendait beaucoup ce moment. Peut-être vaudrait-il mieux qu'elle fasse demi-tour et rentre chez elle ? Elle détestait les explications, et encore plus les disputes.

Non.

Il fallait qu'elle voie Stéphanie. Il fallait qu'elle en ait le cœur net. Elle ne pouvait plus passer ses nuits à redouter le sommeil, de peur de refaire cet étrange rêve et de se réveiller loin de chez elle.

Elle frappa à la porte de la chambre de Stéphanie.

Pas de réponse. Elle était peut-être en train d'écouter de la musique, et elle n'entendait rien.

— Stéphanie ? Tu es là ?

Mayra ouvrit la porte tout doucement et jeta un coup d'œil dans la chambre.

La pièce était sombre. Stéphanie, de dos, était assise en tailleur par terre, à côté de trois bougies. Il y avait un cercle blanc devant elle. Elle chantait toujours la même rengaine sur trois ou quatre notes. Mayra aperçut plusieurs objets au milieu du cercle blanc, mais elle n'arrivait pas à les distinguer clairement.

Ce qu'elle voyait très bien en revanche, c'était son foulard blanc, que Stéphanie portait comme un turban autour de la tête.

15

Stéphanie s'arrêta soudain de chanter et se retourna.

— Mayra ? Mais qu'est-ce que tu fais ici ?

— Peu importe. Et toi ?

Stéphanie se leva d'un bond.

— Je m'exerce. Qui t'a laissée monter ? Maman est là ?

— Non, je suis entrée toute seule.

— Alors tu peux aussi sortir toute seule.

Ses yeux brillaient à la lueur des bougies, comme les yeux de Hazel.

— Pas tant que tu ne m'auras pas dit ce que tu fabriques.

Mayra montra du doigt le cercle blanc. Elle distinguait maintenant les objets disposés à l'intérieur : des os, sans doute des os de poulet, placés en triangle.

— Tu sais que j'ai toujours été intéressée par les sciences occultes, expliqua Stéphanie en allumant sa lampe de chevet. Alors je m'entraîne un peu. Où est le problème ?

— Pourquoi est-ce que tu m'as jeté un mauvais sort ?

Les mots étaient sortis tout seuls de la bouche de Mayra. Elle se sentit soudain mal à l'aise d'avoir posé cette question.

— Mais qu'est-ce qui te prend, Mayra ? Tu es folle ou quoi ?

— Non. Tu m'as jeté un sort. Tu portes mon foulard.

— Hein ?

Stéphanie défit le nœud d'étoffe et ses longs cheveux noirs retombèrent en cascade sur ses épaules.

— Tiens. Prends-le.

— Tu étais en train de t'en servir pour me jeter un sort, répéta Mayra, qui commençait à ne plus se sentir aussi sûre d'elle.

— Non, pour m'attacher les cheveux, dit Stéphanie d'un air méprisant. Je me suis lavé les cheveux en rentrant du travail. Je les ai attachés parce qu'ils me gênaient. Prends-le, ton foulard de malheur.

— Je sais tout, Stéphanie.

Mayra essayait de parler d'une voix normale, tandis qu'au fond d'elle-même, elle avait envie de fuir cette maison, de fuir Stéphanie et son frère à tout jamais.

— Je sais que Mme Cottler est ta tante, continua-t-elle.

— Alors, ça, c'est un scoop ! ricana Stéphanie en se laissant tomber sur son lit. Encore heureux que tu saches que c'est ma tante : je te l'ai dit quand je t'ai parlé de ce boulot.

— Non, tu ne m'as rien dit du tout. Je suis certaine que tu ne me l'as pas dit.

En fait, Mayra n'en était pas si convaincue. Elle essayait de se souvenir de ce moment, en vain. Stéphanie disait-elle la vérité ?

Je n'aurais jamais dû en parler, pensa Mayra. J'étais persuadée d'avoir raison quand je suis arrivée ici et que j'ai vu Stéphanie en train de chanter. Mais maintenant...

Non, j'ai raison. Il faut à tout prix que j'aie raison.

Je n'ai pas inventé tout ça. Je suis somnambule parce que quelqu'un m'a jeté un sort. Et si ce n'est pas Stéphanie, c'est sa tante.

Stéphanie ment.

— Tu crois qu'il y a beaucoup d'autres personnes qui t'en veulent ? demanda Stéphanie d'un ton ironique.

— Pourquoi es-tu si méchante ? Qu'est-ce que je t'ai fait ? cria Mayra. Je croyais qu'on était amies.

— Mais je ne suis pas méchante, je suis en colère. Tu entres dans ma chambre sans prévenir, tu m'accuses de t'avoir jeté un sort ou je ne sais quoi, et c'est moi qui suis méchante ? Ça ne va pas, non ?

— Ça va très bien. Tu connais un type qui s'appelle Cal ?

— Quoi ?

— Un type qui s'appelle Cal. Je ne connais pas son nom de famille. Un type hyper baraqué avec un cou énorme.

— Non, je ne le connais pas, dit Stéphanie en riant. Et pourquoi, je devrais ?

— En tout cas, ta tante, elle le connaît, elle. C'est même elle qui l'a envoyé contre moi.

— Mayra, je ne comprends rien à ce que tu me racontes depuis tout à l'heure. Tu es sûre que tu vas bien ? Tu as vraiment l'air fatigué, tu as une mine épouvantable.

— Mais évidemment, puisque je ne dors pas ! cria Mayra, sentant qu'elle commençait à ne plus se contrôler. Et tu sais très bien pourquoi je ne dors pas ! Tu sais pourquoi je suis somnambule !

— Somnambule ?

J'étais sûre qu'elle ferait l'innocente, pensa Mayra.

— Peut-être que tu es somnambule parce qu'il y a quelque chose qui te travaille, reprit Stéphanie. Peut-être que tu te sens coupable d'avoir plaqué Link ?

— Stéphanie, arrête avec ça.

— Mais c'est quand même ta faute, non ? Tu sais à quoi j'ai pensé quand je t'ai vue entrer ? J'ai cru que tu venais te réconcilier avec Link puisque tu n'es plus avec Walker.

Le sang de Mayra se glaça dans ses veines. Pourquoi Stéphanie avait-elle dit cela ? Elle crut qu'elle avait mal entendu.

« Puisque tu n'es plus avec Walker. »

Que voulait-elle dire par là ? Finalement, je suis peut-être en train de devenir folle, se dit Mayra.

— Comment ça, je ne suis plus avec Walker ? répéta Mayra.

— Mais tout le monde sait qu'il sort avec Suki Thomas !

Est-ce encore un rêve ? se demanda Mayra, abasourdie.

— Ce n'est même pas vrai, tu me dis ça pour me faire de la peine, dit Mayra d'une petite voix.

— Pas du tout, insista Stéphanie. Ne me dis pas que tu ne le savais pas ?

— Savoir quoi ? J'ai encore vu Walker ce matin, on est toujours ensemble.

— Je l'ai vu l'autre jour à la pizzeria avec Suki.

— Oui, moi aussi. Et qu'est-ce que ça prouve ? demanda-t-elle en enroulant nerveusement le foulard autour de sa main. Ce n'est vraiment pas malin de me dire ça.

Stéphanie haussa les épaules en levant les yeux au ciel.

— Salut, dit Mayra. Excuse-moi d'avoir interrompu ta séance de sorcellerie.

Elle tourna les talons et sortit de la chambre. Elle avait mal au cœur.

— Excuse-moi aussi ! fit Stéphanie.

Stéphanie suivit Mayra et lui posa la main sur l'épaule.

— Je suis vraiment désolée, souffla-t-elle sans la moindre trace de colère. Désolée... pour tout.

Mayra dévala les escaliers et sortit de la maison en courant. On ne voyait presque plus le soleil à l'horizon, mais l'air était encore chaud et humide. Elle avançait à petits pas dans l'allée en s'efforçant de respirer profondément.

Pourquoi Stéphanie lui avait-elle dit qu'elle était désolée « pour tout » ?

Désolée d'avoir été méchante ?

Désolée de lui avoir jeté un mauvais sort ?

Désolée de lui avoir menti au sujet de Walker ?

Elle n'eut guère le temps d'y réfléchir. La camionnette rouge de Link arrivait dans l'allée.

— Salut, Mayra ! lança-t-il.

— Oh, non, pas lui ! murmura Mayra.

Il se gara devant la maison et sortit d'un bond, l'air tout content.

— Ça, c'est une bonne surprise ! s'exclama-t-il.

— J'étais venue parler à... Stéphanie.

Le visage de Link s'assombrit.

— Ah bon ?

La camionnette rouge.

Mayra se rappela tout à coup la camionnette. Donna. Le fou furieux qui lui avait foncé dedans.

— Link, il y a deux jours, est-ce que tu as...

Elle jeta un coup d'œil au pare-chocs de la camionnette. Il était impeccable. Elle examina les ailes avant du véhicule. Elles étaient comme neuves.

Ce n'était pas Link, se dit-elle.

Comment avait-elle pu penser un instant que c'était Link ?

Stéphanie a peut-être raison. C'est moi qui suis en train de devenir folle. Je soupçonne tout le monde de m'en vouloir.

Mais elle repensa à Donna dans sa chambre d'hôpital, avec tous ces tuyaux partout. Et à Cal, qui avait l'air de tellement lui en vouloir. Et à cet étrange rêve...

— Je ne suis pas folle, dit-elle sans se rendre compte qu'elle parlait tout haut.

Link la regardait bouche bée.

16

Cette nuit-là, elle refit le rêve.

Cette fois, elle entendait le vent hurler tandis qu'elle marchait sur le lac. L'eau était d'un noir d'encre et éclaboussait le bas de sa chemise de nuit à chaque pas.

Le ciel ressemblait à du velours noir. La lune était dorée, presque aussi lumineuse que le soleil.

Elle marchait dans les vagues. L'eau était glacée.

Comme les fois précédentes, elle sentit que quelqu'un l'observait depuis le rivage.

Mais qui ? Elle faisait tout ce qu'elle pouvait pour voir. En vain.

Elle essayait de se retourner, mais quelque chose l'en empêchait. Il fallait qu'elle continue de marcher, et elle avançait à pas lents sur l'eau noire et glacée.

Les arbres et le rivage disparaissaient peu à peu. Elle ne voyait plus que l'eau noire à perte de vue.

Mais qui était-ce ? Qui était derrière elle ?

Qui la regardait marcher sur l'eau dans ce silence de mort ?

Tout changea brusquement. Elle voyait alors le rivage, les arbres.

Tout était devenu lumineux. La lune blanche, aveuglante, éclairait le bord du lac.

Qui était là ? Il y avait quelqu'un là-bas, sur le rivage, en pleine lumière.

Elle plissait les yeux pour mieux voir.

Oui. Oui. Elle voyait bien, maintenant.

C'était Walker.

Walker, immobile comme une statue, la regardait marcher sur l'eau.

Walker, qu'est-ce que tu as à me regarder comme ça ?

Puis soudain, il disparut, en même temps que la lumière de la lune. Elle ne voyait plus que l'eau noire autour d'elle. Elle sentait que les vagues la tiraient vers le bas.

Elle essayait de résister, mais elle s'enfonçait de plus en plus dans le lac. Elle avait de l'eau jusqu'à la taille. Elle se débattait, mais l'eau l'entraînait, froide, glacée, noire.

Elle s'enfonçait toujours.

À l'aide ! Mais pourquoi est-ce que je ne peux pas nager ? Pourquoi est-ce que je ne peux pas m'enfuir ?

Elle était sous l'eau. Elle essayait de lever les bras, mais elle ne pouvait pas, on aurait dit qu'ils étaient collés à son corps.

Elle descendait au fond de l'eau. Elle suffoquait.

Oh, de l'air !

Elle se réveilla.

Mais elle était toujours dans son rêve.

C'est ce qu'il semblait, du moins.

— De l'air !

Elle étouffait. Elle se débattait contre les vagues. Elle avalait de plus en plus d'eau.

Était-elle endormie ?

Non. Elle ne dormait plus. Elle était bel et bien dans l'eau.

Elle était en train de se noyer.

L'eau tourbillonnait au-dessus de sa tête.

Elle ferma les yeux et battit des bras pour remonter à la surface.

Elle essayait de nager, de sortir de l'eau, de sortir de ce rêve qui n'était pas un rêve.

Elle cria pour appeler au secours, mais aucun son ne sortit de sa gorge. Ses cheveux mouillés lui collaient au visage ; elle se passa la main sur la figure pour voir clair et respirer.

Je n'arrive pas à flotter, se dit-elle avant de redescendre vers le fond, les yeux grands ouverts. Le battement de son cœur lui martelait les tempes.

Je me noie.

Je suis morte.

Mais où suis-je ?

Elle commença à voir des lumières autour d'elle.

Elle sentait ses poumons prêts à exploser.

Je me noie.

Je suis morte.

Deux bras la soulevèrent de l'eau.

Était-elle encore en train de rêver ?

Elle ouvrit les yeux. Non. Il y avait un homme dans un petit bateau à moteur et il essayait de la sortir de l'eau. Il avait une petite barbe.

Il avait du mal. Mayra se sentait lourde. Lourde comme une masse de plomb.

— Il faudrait que tu m'aides, dit-il.

Sa voix paraissait lointaine.

Il tira encore. Elle ne pouvait pas l'aider, elle n'avait plus de forces. Le petit bateau bougeait dans tous les sens.

Au bout d'un moment, l'homme réussit enfin à la hisser sur le bateau.

— Tu peux parler ? demanda-t-il.

Elle souleva la tête et recracha de l'eau, l'eau amère et salée du lac. Elle toussa, respira à fond et recracha encore de l'eau. Elle se sentait mieux.

— Tu peux respirer ?

Elle aperçut une canne à pêche et une boîte de hameçons à côté du moteur.

Il n'attendit pas la réponse.

— Dis donc, tu as eu de la chance que je sois passé par là.

Elle approuva d'un signe de tête. Elle se mit à trembler.

— J'ai... j'ai froid, balbutia-t-elle.

L'homme démarra le bateau.

— Je t'emmène sur la rive, dit-il. Désolé, je n'ai pas de couverture. Je ne m'attendais pas à pêcher une jeune fille dans le lac. Remarque, tu es ma seule prise de la soirée !

Mayra regardait le rivage bordé d'arbres. Ils y étaient presque. Elle n'était pas allée bien loin dans le lac. Juste assez loin pour se noyer.

— Qu'est-ce que tu faisais toute seule dans l'eau en plein milieu de la nuit ? demanda l'homme.

— Je ne sais pas.

17

Mme Barnes raccrocha le téléphone.

— Le docteur Sterne a dit qu'il pourrait te voir dans la matinée. Tu veux encore un peu de soupe ?

— Non, merci, ça va mieux, répondit Mayra. Tu crois vraiment qu'il va pouvoir m'aider ?

Mme Barnes s'approcha de Mayra et posa les mains sur ses épaules.

— Mayra, il faut qu'on fasse quelque chose, de toute façon. Tu as failli te noyer, cette nuit. Mais je pense vraiment que le docteur Sterne va t'aider.

Mayra poussa un long soupir et regarda la pendule. Était-il vraiment trois heures et demie du matin ?

— Tu ferais bien d'aller te coucher, dit sa mère. Tu vas pouvoir dormir ?

— Je ne suis pas sûre de vouloir dormir, c'est ça, le problème. Ça me fait vraiment peur, maman. Pourquoi je fais ça, hein ?

— Ne t'inquiète pas. Le docteur va t'aider à comprendre ce qui t'arrive. En attendant, tu peux dormir dans ma chambre, si tu veux.

À entendre sa voix trembler et à voir ses yeux pleins de larmes, Mayra comprit que sa mère se faisait autant de souci qu'elle.

À l'hôpital, les deux hôtesses d'accueil installées au centre du hall d'entrée avaient l'air plus occupées à se raconter leur vie qu'à recevoir les visiteurs.

— Je ne sais pas, Barbara, je ne sais vraiment pas, répétait la plus petite des deux femmes, tandis que son interlocutrice acquiesçait.

Mayra, vêtue d'un short orange et un tee-shirt jaune à manches longues, attendait patiemment qu'elles finissent leur conversation. Au bout d'un certain temps, elle se rendit compte qu'elle était obligée de les interrompre si elle ne voulait pas arriver en retard à son rendez-vous.

— Pardon, vous pouvez m'indiquer le bureau du docteur Sterne ?

— Quatrième étage, répondit la femme qui s'appelait Barbara sans même lever les yeux vers Mayra.

— Prenez l'ascenseur, juste à gauche, ajouta l'autre femme avec une gentillesse inattendue.

Mayra les remercia. Il n'était pas encore neuf heures du matin, mais il y avait déjà beaucoup de monde devant l'ascenseur.

— Oh, excusez-moi ! fit Mayra après avoir bousculé une dame qui avait une jambe dans le plâtre.

— Faites attention ! lui répondit la femme, qui s'écarta en s'appuyant sur sa canne.

Je suis tellement nerveuse que je ne fais attention à rien, se dit Mayra. Je n'ai vraiment pas envie d'être ici. Je ne suis pas malade. Qu'est-ce que je fais à l'hôpital ?

Elle se demandait où se trouvait sa mère. Certainement au sixième étage, comme d'habitude. Elle travaillait en réanimation. Mme Barnes aurait voulu accompagner Mayra chez le docteur Sterne, mais elle n'avait pas le temps.

Pourquoi fait-il si chaud, ici ? se demanda Mayra. Elle rejeta ses cheveux en arrière, regrettant de ne pas les avoir attachés.

L'ascenseur arriva enfin et tout le monde s'engouffra dedans, l'air grincheux et mal à l'aise. Au deuxième étage, deux chirurgiens en tenue montèrent ; ils parlaient de l'état de santé d'un patient à voix basse.

Mayra était plaquée contre la paroi arrière de l'ascenseur lorsqu'ils arrivèrent enfin au quatrième étage.

— Je voudrais sortir ! fit-elle, mais personne ne sembla l'entendre. Pardon, je voudrais sortir, s'il vous plaît !

Le temps qu'elle se fraye un chemin jusqu'à la sortie, la porte de l'ascenseur commençait à se refermer. Elle fit un bond en avant pour sortir, et se retrouva sur le palier du quatrième étage juste au moment où la porte de l'ascenseur se fermait.

Et maintenant, je vais où ? se demanda-t-elle. Elle longea des murs vert pâle jusqu'à ce qu'elle voie un petit panneau sur lequel il était indiqué « PSYCHIATRIE », avec une flèche sur la droite. Elle suivit la flèche, passa deux portes battantes et continua tout droit.

Il y avait des chambres de chaque côté du couloir. À travers les portes mi-closes, elle voyait des gens allongés sur leur lit. Certains dormaient. D'autres regardaient la télévision. Les clameurs d'un match retentissaient dans tout le couloir.

J'ai dû me tromper, se dit Mayra. Ces personnes ne ressemblent pas à des patients de psychiatrie.

— Vous cherchez quelqu'un ? demanda un infirmier corpulent qui passait à côté d'elle avec un chariot.

— Oui. Je cherche le cabinet du docteur Sterne.

— Il est en psychiatrie.

— Oui, je sais, mais...

— Faites demi-tour, repassez les portes battantes et tournez tout de suite à droite.

— D'accord. Merci beaucoup.

Elle suivit la direction qu'il lui avait indiquée d'un pas incertain.

Dès qu'elle eut franchi les portes, elle tourna à droite et se retrouva dans un couloir semblable au premier, mais peint en bleu.

— Il faut que je sorte d'ici, dit Mayra à voix haute.

Elle tourna une nouvelle fois et passa d'autres portes battantes. Elle vit le panneau « PSYCHIATRIE » avec une flèche qui indiquait qu'il fallait aller tout droit. Elle croisa une infirmière qui poussait un chariot avec les petits déjeuners et qui lui sourit gentiment.

Mayra avançait toujours, en s'arrêtant devant chaque porte pour lire le nom des médecins. Elle arrivait devant une petite salle réservée aux infirmières ; il y en avait une qui se reposait.

Mayra allait lui demander où était le bureau du docteur Sterne mais elle s'arrêta net, prise de panique.

Cet homme, là...

C'était Cal.

Elle reconnut tout de suite ses cheveux blonds en brosse. Ce regard fixe. Cet énorme cou.

Il ne la vit pas aussitôt. Il était assis sur une banquette à côté de la salle des infirmières, les yeux rivés sur la pancarte « PSYCHIATRIE ». Puis il tourna la tête et aperçut Mayra. Leurs regards se croisèrent.

Mayra vit qu'il portait un bracelet.

Elle comprit tout à coup ce que Cal faisait là.

Il était interné en psychiatrie !

18

— Eh ! Toi, là-bas !

Il avait fallu un moment à Cal pour reconnaître Mayra. Il avait l'air perdu et abattu. Il se leva avec bien du mal. C'était la première fois que Mayra remarquait qu'il se déplaçait avec une canne.

Elle regarda autour d'elle, se demandant dans quelle direction elle pouvait fuir pour lui échapper.

Cal devenait tout rouge. Son visage passa de la surprise à la colère.

— Eh ! Attends !

Ses cris réveillèrent l'infirmière qui était en train de se reposer ; elle se leva d'un bond. Mayra commença à marcher pour s'éloigner de Cal.

— Eh ! Attends !

Il courait derrière elle tant bien que mal, le visage cramoisi, les yeux révulsés de colère.

Mayra marchait de plus en plus vite. Elle faillit se heurter à un chariot.

— Eh ! Attention à ce que vous faites ! lui cria l'infirmier qui poussait le chariot.

Elle regarda derrière elle. Cal la rattrapait malgré la difficulté qu'il avait à marcher. Il agitait frénétiquement la main en demandant à Mayra de s'arrêter.

— Attends ! Arrêtez-la ! hurlait-il.

Elle tourna dans un couloir, cherchant un endroit pour se cacher. Elle se faufila dans une pièce.

— Vous cherchez quelque chose, mademoiselle ? demanda une jeune femme en se redressant aussitôt dans son lit.

— Euh... non, je me suis trompée de chambre, dit Mayra.

Elle ressortit dans le couloir. Cal arrivait droit vers elle.

— Ah ! Te voilà ! cria-t-il. Arrête ! Je te tiens, cette fois !

— Qu'est-ce que vous me voulez ? Laissez-moi tranquille !

Clopin-clopant, Cal approchait de Mayra et tendait les bras vers elle comme pour l'attraper. Deux infirmières que Mayra n'avait pas vues arriver le prirent chacune par un bras pour le retenir.

— Imbéciles ! Lâchez-moi ! hurla-t-il.

Au même moment, Mayra aperçut une porte ouverte. Elle s'approcha et vit une petite plaque sur laquelle était inscrit « DOCTEUR LAWRENCE STERNE ». Un jeune homme roux arrivait face à elle, absorbé par les papiers qu'il était en train de feuilleter. Il portait un costume marron et des lunettes.

Cal se débattait toujours avec les infirmières. Mayra entra vite dans le bureau du docteur ; il n'y avait personne. Elle ferma la porte derrière elle mais le jeune homme roux la retint.

— Excusez-moi, mademoiselle, dit-il d'un air surpris. Je peux savoir ce que vous faites ?

— Je suis, euh... J'ai un rendez-vous avec le docteur Sterne, balbutia-t-elle. C'est bien son bureau, ici ?

— Oui, répondit-il en fermant la porte. Je suis le docteur Sterne.

Mais vous êtes trop jeune ! avait failli s'exclamer Mayra. Dieu merci, elle s'était reprise à temps et n'avait rien dit. Mais sous l'effet de la surprise, elle restait la bouche grande ouverte.

— Vous ne m'imaginiez pas comme ça, n'est-ce pas ? demanda le docteur en souriant.

— Euh... non, pas du tout.

— J'ai déjà essayé de me laisser pousser la barbe pour avoir l'air un peu plus vieux, mais ça poussait dans tous les sens, on aurait dit un cochon d'Inde.

Il sourit, puis devint très sérieux.

— Pourquoi êtes-vous entrée aussi vite dans mon bureau ? demanda-t-il.

— Il y avait un homme qui me courait après. Un patient.

— Un patient ?

Le docteur sortit dans le couloir et regarda des deux côtés.

— Il était très grand, blond, précisa Mayra. Avec un cou énorme.

— Un cou énorme ? Ella ! fit-il à une infirmière, vous n'auriez pas vu quelqu'un avec un gros cou ?

Une grande infirmière toute mince avec des cheveux noirs et les lunettes d'écaille s'approcha du médecin. Ce n'était pas une des infirmières qui avait retenu Cal.

— Non, je n'ai vu personne. C'est un de vos patients ?

— Non, non, je vous remercie, fit le docteur Sterne en se frottant le menton.

Il revint s'asseoir en face de Mayra. Il la regardait, l'air sceptique.

— Je n'ai pas rêvé, dit Mayra. Ce n'est pas la première fois qu'il me suit.

— L'homme avec le gros cou ?

— Oui. Un jour, il a demandé à une de mes amies où j'étais. Il m'a suivie, une fois. Et maintenant je le retrouve ici, en psychiatrie, alors...

— Doucement, doucement, dit le docteur. Si je comprends bien, vous dites qu'un homme avec un gros cou vous a déjà suivie dans la rue alors qu'il est interné ici ?

— Oui. Vous ne me croyez pas, hein ? demanda Mayra en sentant subitement la rage monter en elle.

— Je viens de réaliser qui vous êtes, coupa-t-il. Vous êtes la fille de Mme Barnes, n'est-ce pas ? Mayra ? Allez, je te tutoie !

Mayra rougit de la tête aux pieds. Cet homme était un ami de sa mère, et il la prenait pour une folle qui se croyait poursuivie par des gens !

— Oui, c'est bien moi. Maman m'a dit que...

— Que tu es somnambule.

— Elle vous a tout raconté ?

— Oui, mais j'aimerais que ce soit toi qui me racontes, cette fois.

Il lui fit signe de s'asseoir dans le grand fauteuil de cuir vert en face de lui.

— Je ne dois pas m'allonger sur un divan, ou quelque chose comme ça ?

— Tu sais, les psychiatres sont censés être vieux, chauves et parler avec un accent. Et les patients sont censés s'allonger sur un divan, dit-il en riant. Désolé, je n'ai pas d'accent étranger, et je n'ai pas de divan. Tu crois que tu n'arriveras pas à parler si tu restes assise ?

Pour la première fois, Mayra sourit. Au moins, il avait le sens de l'humour. Elle s'assit dans un fauteuil et laissa échapper un long soupir.

— Tu as peur ? lui demanda le médecin.

Il ouvrit son bloc-notes à une nouvelle page et prit un stylo.

— Non. Enfin si, j'ai peur. Mais pas de vous.

Il fit mine d'être déçu.

— Ah bon ? Tu ne trouves pas que je fais peur ?

— Pas trop, répondit Mayra. Vous essayez de me mettre à l'aise, hein ?

— Oui. Et je sais aussi faire le clown ! Je sais même jongler, si ça peut te faire plaisir !

— Non, ça ira ! dit Mayra en riant. Je me sens mieux, maintenant.

— Tu as l'air fatiguée. Tu ne dors pas bien ?

— Non, j'ai peur de m'endormir.

— Tu as peur d'être somnambule ?

— Oui.

— Commence depuis le début, dit-il en griffonnant quelques mots sur son bloc-notes. Raconte-moi ce qui s'est passé la première fois que ça t'est arrivé. Donne-moi le plus de détails possibles. Essaie de bien te souvenir de tout et de visualiser ce que tu décris. Tu peux fermer les yeux, si tu veux.

Mayra ferma les yeux, mais les rouvrit aussitôt.

— Non, j'ai peur de m'endormir.

Elle regardait la fenêtre derrière le bureau du médecin. Elle commença par raconter son rêve, ce rêve étrange qu'elle avait fait chaque fois qu'elle avait été somnambule.

Quand elle eut terminé, il avait écrit une page entière de notes.

— Je deviens folle ou quoi ? demanda Mayra, la voix tremblante.

Elle pensait qu'elle se sentirait soulagée après avoir tout raconté au psychiatre, mais elle était encore plus nerveuse et angoissée qu'avant.

— Non, tu ne deviens pas folle, dit le docteur Sterne. Arrête de croire ça. Je pense qu'il y a quelque chose qui te tracasse, qui te tourmente, même. Mais tu n'as pas de trouble mental, ce n'est pas ça qui te rend somnambule.

— Alors, qu'est-ce que c'est ? demanda Mayra.

— Je pense que tu es en train de refouler un traumatisme.

— Oh là là ! Vous pouvez m'expliquer ?

— Il y a quelque chose qui t'angoisse. Quelque chose de grave. Tu essaies de résoudre ce problème dans ton sommeil parce qu'il t'est insupportable de le résoudre consciemment.

Mayra le regardait bouche bée en essayant de comprendre ce qu'il voulait dire.

— Quelque chose de grave m'angoisse ? répéta-t-elle.

— Et ton inconscient cherche à s'en débarrasser, précisa-t-il.

— Mais si c'est si grave, comment ça se fait que je ne m'en souvienne même pas ?

Il prit quelque chose dans le tiroir de son bureau et le referma. Il leva de nouveau les yeux vers Mayra.

— Tu n'as vraiment aucune idée de ce que ça pourrait être ? demanda-t-il.

— Non, je ne vois rien qui me tracasse à ce point. Je n'aime pas trop mon travail d'été, mais ce n'est pas très important, répondit Mayra en hochant la tête.

Elle se rendit compte qu'elle n'avait pas parlé une seule fois de Mme Cottler ; elle n'avait pas dit non plus qu'elle la soupçonnait, elle ou sa nièce, de lui avoir jeté un sort.

Si je lui disais une chose pareille, il me prendrait vraiment pour une cinglée, se dit Mayra.

— J'ai rompu avec mon petit ami il y a quelques semaines. Mais à vrai dire, ça ne m'a pas vraiment fait de la peine. J'ai un nouveau copain.

Le docteur Sterne regarda sa montre.

— Oh, je suis désolé, Mayra. Ce sera tout pour aujourd'hui, je dois voir d'autres clients ce matin.

— Excusez-moi... fit Mayra en se levant.

Il la raccompagna à la porte.

— Je veux te revoir la semaine prochaine. Tu veux bien revenir ?

— Euh... oui.

— Je ne veux surtout pas que tu t'imagines que tu es en train de perdre la tête ou que tu as une maladie incurable, d'accord ? Oh, attends !

Il retourna à son bureau et griffonna quelques mots sur son bloc-notes. Il arracha la feuille et la tendit à Mayra.

— Qu'est-ce que c'est ?

Mayra ne comprenait pas ce qu'il avait écrit.

— C'est une ordonnance. C'est un médicament qui t'aidera à dormir. Il n'est pas fort et il n'a pas d'effet d'accoutumance. Je veux que tu en prennes un tous les soirs, une demi-heure avant d'aller te coucher. C'est très efficace, tu verras. Je l'ai prescrit à un autre de mes patients qui était somnambule, et ça ne lui est plus jamais arrivé après le traitement.

— Mais...

— Il faut que tu dormes. Tu manques vraiment de sommeil, Mayra. Je pense que si tu étais plus calme, tu découvrirais peut-être ce qui te tourmente à ce point et qui te rend somnambule.

Mayra plia l'ordonnance et la glissa dans la poche de son short.

— Alors, vous me conseillez de dormir ? C'est tout ?

Il sourit.

— Tu préfères que je te dise : Prends deux aspirines et appelle-moi demain matin ?

— Ça a l'air d'aller beaucoup mieux, aujourd'hui, dit Mayra à Donna avant de se laisser tomber dans la chaise à côté du lit.

— Tu veux dire que j'ai les yeux à peu près en face des trous ?

— Exact ! C'est certainement aussi parce que tu n'as plus ces affreux tuyaux partout.

— Eh oui ! Je me débrouille toute seule, maintenant ! renchérit Donna d'un ton ironique. Je ne ressemble plus à Frankenstein, c'est déjà ça. Mais maintenant on dirait plutôt une momie. Tu as vu ça, j'ai des bandages de la tête aux pieds !

Mayra sentit un frisson lui parcourir la colonne vertébrale. C'est moi qui devrais être allongée sur ce lit, pensa-t-elle. Ce maniaque à la camionnette rouge... Il a cru que c'était moi qu'il envoyait dans les décors.

— Alors, quoi de neuf sur la Terre ? demanda Donna d'un ton enjoué.

Mayra pensait au docteur Sterne, à l'explication qu'il lui avait donnée sur le somnambulisme. Quelque chose la tourmentait, avait-il dit. Et c'était si grave qu'elle ne pouvait pas y penser quand elle était éveillée.

Qu'est-ce que cela pouvait-il bien être ?

— Alors Mayra, tu es en panne ou quoi ? fit Donna pour la tirer de ses songes.

— Euh... excuse-moi.

— Et ton boulot ? Tu penses toujours que Mme Cottler t'a jeté un sort ?

— Oui, répondit aussitôt Mayra. Je veux dire, non. Enfin, je n'en sais rien.

— Eh bien, on peut dire que c'est clair ! ajouta Donna en riant. Aïe ! Ne me fais pas rire ! Ça me fait mal !

— Je suis encore sortie de chez moi, cette nuit. Mais cette fois, j'ai failli me noyer.

— Oh, non ! Ma pauvre ! Où est-ce que tu t'es retrouvée ?

— Au lac. Derrière les bois de Fear Street. Tu sais, à côté de chez Mme Cottler.

— Tu es allée jusque là-bas en dormant ?

— Oui. Au début, je rêvais du lac, et puis que je m'approchais de l'eau. C'est vraiment bizarre. Tu sais, Mme Cottler a eu un petit garçon qui s'est noyé dans le lac. Je me demande si ça a quelque chose à voir avec...

Mais elle n'alla pas jusqu'au bout de sa pensée.

— Qu'est-ce qui s'est passé, après ? demanda Donna.

— J'ai marché dans l'eau.

— Mais ça ne t'a pas réveillée ? fit Donna d'un air épouvanté.

— Non. C'est un pêcheur qui m'a sortie du lac. S'il n'avait pas été là, je...

Donna dégagea sa main qui n'était pas bandée et prit celle de Mayra.

— Il faut que tu parles de Mme Cottler à quelqu'un, Mayra. Dis à quelqu'un que tu penses qu'elle t'a jeté un sort.

— Je viens d'aller chez un psy, juste en dessous. C'est pour ça que je suis venue si tôt.

— Et tu lui as dit que...

— Non. Ça m'étonnerait que les psy croient à la sorcellerie.

— Oui, c'est vrai, tu as raison. Mais c'est quand même grave, non ? La prochaine fois...

Mayra retira sa main de celle de Donna et alla jusqu'à la fenêtre. Les yeux dans le vague, elle réfléchissait.

Le lac.

Il fallait qu'elle pense au lac. Jusqu'à présent, elle avait pensé à tout sauf au lac. Mais il lui sembla subitement qu'il jouait un rôle important dans son histoire.

Le lac avait quelque chose à voir avec ce qui lui arrivait, avec ce qui la rendait somnambule.

Quelque chose la tourmentait, avait dit le docteur Sterne. Un problème qu'elle essayait de résoudre dans son sommeil.

Quelque chose qui la tourmentait... à propos du lac.

— Il faudra bien que je trouve ce que c'est, dit-elle sans s'apercevoir qu'elle parlait à voix haute.

— Quoi ? fit Donna. Mayra, reviens à côté de moi, je ne te vois pas.

— Il faut que je retourne au lac.

— Quoi ? Mais pour quoi faire ?

— Je vais retourner au lac. Ce soir.

— Super ! Amuse-toi bien ! fit Donna, qui ne savait pas si elle devait rire ou pleurer.

— Je vais toujours là-bas dans mon sommeil. Cette

fois, j'irai de moi-même. Peut-être que j'apprendrai quelque chose. Peut-être que le lac m'apprendra quelque chose.

— Le lac t'apprendra quelque chose ? répéta Donna, abasourdie.

— Je te raconterai, dit Mayra, tout excitée. À plus tard !

— Bien, murmura Donna d'un air triste en regardant partir Mayra. Enfin, tu sais où me trouver, je ne bouge pas, moi, de toute façon.

La nuit était chaude et humide. Des crapauds coassaient sans répit dans les herbes. Quelque part dans les bois, un chien hurlait, attendait une réponse ; puis se remettait à hurler.

— Aïe ! fit Mayra en écrasant un moustique sur son bras.

Elle leva les yeux vers les arbres, immobiles comme sur une photographie. Elle avança encore un peu dans les bois de Fear Street, sur le petit chemin recouvert de mauvaises herbes qu'elle éclairait à l'aide d'une torche.

— Je suis bien contente que Walker ne soit pas venu avec moi, dit-elle.

Elle arracha une grande touffe d'herbes qui lui barrait le chemin.

Elle l'avait appelé juste après manger pour lui demander s'il voulait bien l'accompagner au bord du lac.

— Le lac ? Pour quoi faire ? avait-il demandé.

— Pour se promener, avait-elle répondu, sans lui révéler ses véritables intentions au téléphone.

De toute façon, elle ne savait pas vraiment elle-même pourquoi elle voulait aller au lac. Elle savait juste qu'il fallait qu'elle y aille.

— Quelle drôle d'idée de vouloir aller se promener dans les bois de Fear Street le soir ! avait ajouté Walker.

— Mais je suis sûre que le lac sera magnifique. C'est presque la pleine lune.

— Je ne peux pas, Mayra. J'ai promis à ma cousine de garder ses jumeaux, ce soir.

— Vraiment ? avait demandé Mayra d'un ton sceptique.

— Vraiment. Je viendrais si je pouvais. Mais on peut peut-être y aller une autre fois, non ?

— Euh...

— Tu ne vas pas y aller toute seule, hein ?

— C'est-à-dire que...

— Non, s'il te plaît. Je ne veux pas que tu ailles là-bas toute seule. Ce n'est vraiment pas une bonne idée, Mayra.

— Eh bien...

— Mayra ? Tu ne veux pas que je passe la soirée à m'inquiéter, quand même ?

Elle se demandait si elle devait lui avouer ou non la véritable raison qui la poussait à retourner au lac. Elle finit par se dire qu'il ne comprendrait pas, de toute façon.

— Je t'appelle demain, d'accord ? dit-elle. Pour savoir comment tu t'es débrouillé avec les petits monstres de ta cousine !

Puis elle avait raccroché sans même attendre une réponse.

Au début, elle avait été un peu déçue que Walker ne puisse pas venir, puis elle avait pensé que ce serait mieux. Si elle devait découvrir quelque chose au lac, elle aurait sûrement plus de chances de le faire toute seule.

Les lueurs argentées de la lune jouaient dans les feuillages, donnant un air irréel aux bois, comme dans un étrange conte de fées. Les crapauds s'arrêtèrent soudain de coasser. Le silence était tel que Mayra entendait sa propre respiration et le crissement de ses chaussures sur le chemin.

La peur la saisit d'un seul coup, comme si elle était sortie d'un fourré pour l'attaquer.

Elle s'arrêta de marcher.

Elle aurait voulu chasser cette peur, mais elle tremblait de tous ses membres. Elle avait les genoux en coton. Son cœur tambourinait contre sa poitrine.

Qu'est-ce qui m'arrive ? se demanda-t-elle.

C'était peut-être simplement le fait de réaliser qu'elle était seule dans les bois de Fear Street, où tant de choses horribles et mystérieuses s'étaient produites.

C'était peut-être la proximité du lac où elle avait failli se noyer la nuit précédente.

C'était peut-être Mme Cottler qui, avec son maudit pouvoir magique, s'amusait à empêcher Mayra de découvrir ce qu'elle devait découvrir.

Il faut que j'avance, se dit Mayra.

Elle leva un peu sa lampe électrique et continua de marcher. Elle forçait ses jambes à avancer. Elle voulait ignorer que son corps tremblait, que le sang lui battait aux tempes.

Au bout d'un moment, elle aperçut enfin le lac, couleur de plomb dans l'obscurité. L'eau clapotait le long du rivage.

Heureuse de sortir des bois, Mayra se mit à courir dans les hautes herbes qui couvraient la berge.

Le lac semblait plus grand que d'habitude, si grand qu'il disparaissait dans l'obscurité de chaque côté. Fear Island, la petite île au milieu du lac, n'était qu'une ombre.

Mayra respira à fond.

Quel est ton secret, lac ? murmura-t-elle.

Pourquoi est-ce que tu apparais toujours dans mon rêve ? Pourquoi est-ce que je viens toujours à toi dans mon sommeil ?

Pourquoi est-ce que Mme Cottler m'entraîne vers toi ?

Quel affreux secret me caches-tu ?

Elle s'assit sur un petit pont en bois qui surplombait le lac de quelques dizaines de centimètres. La peur ne l'avait pas quittée, mais elle ne tremblait plus.

L'eau était si belle, si reposante.

Elle avait envie de retirer ses chaussures et de se tremper les pieds lorsqu'elle entendit des pas derrière elle. Elle n'était donc pas seule...

19

Qui est là ?

La voix de Mayra n'était qu'un murmure à peine audible. Elle avait l'impression de mourir de froid. Elle devait se forcer à respirer.

Elle avait déjà retiré une chaussure et elle s'efforçait de la renfiler en scrutant l'obscurité.

— Qui est là ?

Sa chaussure était lacée. Elle n'arrivait pas à la remettre, et ses mains tremblaient trop pour la dénouer.

Elle descendit du petit pont, sa chaussure dans une main, et chercha un endroit où se cacher. Elle vit un bouquet d'arbres un peu plus loin sur le rivage.

Elle entendit craquer des brindilles. Des pas sur le sol mou.

— Qui est là ? appela-t-elle sans reconnaître sa propre voix.

Les pas approchaient.

— Eh ! entendit-elle.

Il était trop tard pour s'enfuir.

— Eh ! répéta la voix, qui lui parut familière.

Son cœur battait à toute vitesse. Elle leva la main dans laquelle elle tenait sa chaussure, comme s'il s'agissait d'une arme.

Il apparut soudain, dans la lumière argentée et métallique de la lune.

— Link !

— Salut, Mayra.
— Link ! Mais qu'est-ce que tu fais là ?
— Je t'ai vue à Fear Street. J'étais dans ma camionnette. Je t'ai suivie parce que j'avais peur qu'il ne t'arrive quelque chose. Et d'abord, qu'est-ce que tu fais toute seule au bord du lac à cette heure ?
— En quoi ça te regarde ?
L'espace d'une seconde, elle fut contente de le voir. Mais quand il prononça le mot « camionnette », son sang se glaça de nouveau.
Elle revoyait Donna à l'hôpital avec ses tuyaux et ses bandages.
La peur revint. Les tremblements. Les battements contre ses tempes. Elle décida de se mettre en colère pour que Link ne s'aperçoive pas qu'elle avait peur de lui.
— Tu es toujours somnambule ? demanda Link avec un étrange petit sourire.
— Non, répondit-elle froidement. Et comment tu sais ça, d'abord ?
Il haussa les épaules. Son sourire disparut. Ses yeux noirs pénétraient ceux de Mayra.
— Tu ne devrais pas venir toute seule dans les bois de Fear Street, Mayra. Tu vis à Shadyside depuis assez longtemps pour savoir ça.
Était-il sincère ?
Ou était-ce une menace déguisée ?
— Je sais très bien ce que je fais, dit-elle en tournant les talons.
Elle s'assit sur un tronc d'arbre et essaya de dénouer le lacet de sa chaussure.
— J'en ai ras-le-bol que tu me suives partout, reprit Mayra. Je veux que tu arrêtes. À partir de tout de suite, je veux dire.
— Mais je me fais du souci pour toi, Mayra.

— Fais-toi du souci pour quelqu'un d'autre ! lança-t-elle.

Elle leva les yeux vers lui. Il avait vraiment l'air inquiet.

— Tu ne devrais pas rester ici, insista-t-il sans faire attention à la colère de Mayra.

— J'ai rendez-vous avec Walker, mentit-elle. Je préférerais que tu ne sois pas là quand il arrivera.

— Vous avez rendez-vous ici ?

— Oui. Ça ne te dérange pas trop ?

Il rit.

— Qu'est-ce qu'il y a de drôle ?

— Ce n'est pas vraiment un endroit très pratique pour se retrouver, non ? Il n'y a pas beaucoup de gens qui traversent le bois pour se retrouver ici.

— Eh bien, Walker et moi, on aime bien venir ici.

Elle savait qu'elle avait l'air un peu ridicule, mais c'était tout ce qu'elle avait trouvé à dire.

Il fronça les sourcils et secoua ses longs cheveux.

— Et pourquoi vous n'êtes pas venus ensemble ? demanda Link.

— Va-t'en, Link. J'ai vraiment envie d'être toute seule.

— Excuse-moi, Mayra. J'étais dans la camionnette à Fear Street, et je t'ai vue. Je n'aurais pas dû te suivre, mais... je ne sais pas.

— C'est toi qui roulais l'autre jour dans une camionnette sur la grande route ? Entre Shadyside et Waynesbridge ?

La question était sortie toute seule. Il fallait que Mayra sache si c'était celle de Link qui avait failli tuer Donna.

— Hein ?

— Tu as bien entendu. La semaine dernière. C'était toi ?

— Mayra, de quoi tu parles ?

Elle fouillait ses yeux pour y chercher la vérité.

— Une camionnette rouge a essayé de faire sortir

Donna de la route. Elle conduisait la Toyota de ma mère et...

Il avait l'air de ne rien comprendre du tout.

— Donna ? Mais... elle est blessée ? Elle va bien ? Mayra, tu es sûre que ça va ? Je ne comprends rien à ce que tu racontes.

Elle hocha la tête. Elle ne savait pas si Link jouait la comédie ou s'il était sincère. Et si c'était bel et bien lui l'autre jour sur la route, il ne risquait plus de l'avouer, maintenant.

Il prit soudain le bras de Mayra.

— Laisse-moi te raccompagner chez toi, dit-il.

Elle bondit sur ses pieds et s'écarta de lui.

— Fiche-moi la paix !

— Tu me manques, Mayra...

Il s'approcha d'elle et la prit dans ses bras.

Mayra essaya de se dégager, mais il la serrait trop fort. Ses yeux brillaient d'une lueur étrange.

— Tu me manques tellement, répéta-t-il d'une voix profonde, inhabituelle.

Il ne sait plus ce qu'il fait, pensa Mayra.

— Link, laisse-moi tranquille !

— Non ! cria-t-il en la serrant plus fort. Pas tant que tu ne m'auras pas dit que je te manque aussi !

Il descendit ses mains autour de la taille de Mayra.

— Link ! Non !

Il se pencha pour l'embrasser.

— Non ! Link, s'il te plaît !

Elle tourna la tête. Il serra son visage contre la joue de Mayra.

— Laisse-moi tranquille !

Elle se débattait comme un diable et finit par lui donner un coup de poing dans l'oreille.

Il redressa brusquement la tête, l'air hébété.

— Eh !...

Elle en profita pour se dégager et se mit à courir vers le lac.

— Mayra, attends...

Dans sa course, elle se retourna et vit qu'il la suivait.

— Attends... Je ne veux pas te faire de mal... ! cria-t-il, les yeux brillants.

Mayra ne pensait plus qu'à une chose : échapper à Link. Sans se poser davantage de questions, elle plongea dans le lac.

L'eau était glacée. Mayra en eut le souffle coupé. Elle avait l'impression d'être paralysée.

C'est alors qu'elle se rappela...

20

Elle se souvint de tout.

Cette terrible nuit, un peu plus d'un mois auparavant.

Le contact brutal de l'eau froide lui rappela ce qui s'était passé. Elle regagna tant bien que mal le bord du lac à la nage, toutes sortes d'images en tête.

Elle entendait à nouveau les cris épouvantables.

— Mayra, qu'est-ce qu'il y a ? demanda Link en voyant le visage horrifié de Mayra qui se bouchait les oreilles pour ne plus entendre les cris.

— Emmène-moi, emmène-moi à la maison, finit-elle par dire.

Ils reprirent le petit chemin à travers le bois. Puis Mayra se laissa tomber sur le siège de la camionnette de Link, et il la reconduisit chez elle sans un mot.

Une fois chez elle, elle ne se rappelait pas comment elle était rentrée. Elle ne se rappelait pas avoir dit bonsoir à Link. Elle ne se rappelait pas avoir monté les escaliers ni s'être déshabillée avant de se mettre au lit.

Elle revivait ce maudit samedi soir. Elle ressentit la joie et l'émotion de cette soirée qui devait se terminer en cauchemar.

Elle entendit encore les cris. C'était quelqu'un qui l'appelait désespérément au secours. Elle se boucha les oreilles et ferma les yeux.

Quand elle les rouvrit, elle était dans sa chambre, bien au chaud dans son lit.

Comment était-elle venue jusqu'ici ? Était-ce aussi un rêve ?

La pièce commença à tourner.

— Qu'est-ce qui est vrai ? dit Mayra à haute voix.

Cet affreux samedi soir : s'en souvenait-elle vraiment, ou était-ce un cauchemar ? Avait-il vraiment eu lieu ?

Recommençons tout depuis le début, se dit-elle en essayant de remettre de l'ordre dans ses souvenirs. Elle voulait que son cœur batte moins vite, que sa chambre arrête de tourner.

Elle reposa sa tête sur l'oreiller, ferma les paupières et essaya de se remémorer cette soirée. Walker. Où s'étaient-ils donné rendez-vous ? Elle se concentrait autant qu'elle pouvait.

Ils s'étaient retrouvés au centre commercial. Ils devaient aller au cinéma. Ce n'était que la troisième ou quatrième fois qu'ils sortaient ensemble. Walker lui avait paru un peu bizarre, ce soir-là.

Dans la journée, des jeunes de l'école l'avaient traité « d'intello ». Ils s'étaient moqués de lui quand il avait voulu leur montrer un nouveau tour de magie. Mayra lui avait dit de ne pas faire attention à eux, mais il avait l'air vexé.

— Ce n'est pas évident d'être différent des autres quand tu vis dans une petite ville, avait-il répondu avec amertume. Dès que tu t'intéresses à quelque chose de spécial, tout le monde te montre du doigt. Ils se moquent tous de moi parce que je préfère faire de la magie plutôt que d'écouter du hard ou aller en boîte.

— Alors, on va le voir, ce film ? avait dit Mayra pour changer de sujet.

— J'ai une meilleure idée, avait-il répondu en rougissant, les yeux brillants.

Il s'était mis à marcher si vite que Mayra avait du mal à le suivre.

— Walker, marche moins vite ! Qu'est-ce que tu veux faire ? Je n'ai rien compris !

Elle avait commencé à se sentir nerveuse. Elle ne le connaissait pas tant que cela, après tout. Elle ne l'avait jamais vu si excité.

Ils étaient arrivés sur le parking. Walker s'était mis à inspecter les voitures, une à une.

— Tiens ! En voilà une ! s'était-il exclamé. Ils ont laissé la clé de contact. Monte !

C'était une Ford dernier modèle, rouge pompier. Allait-il vraiment la voler ?

— Walker... Non.

Il avait ri.

— Je te fais marcher, Mayra.

— Comment ça ?

— C'est la voiture de ma mère ! Allez, monte !

— Tu m'as vraiment fait peur ! avait dit Mayra en riant. Tu avais l'air tout bizarre. J'ai vraiment cru que tu voulais piquer une voiture.

Elle s'était installée à la place du passager.

— Je joue bien la comédie. Les magiciens doivent savoir jouer la comédie.

Il avait reculé son siège et démarré, puis s'était dirigé vers la sortie du parking.

— Mets ta ceinture. J'ai envie de rouler vite.

— Où est-ce que tu m'emmènes ? avait demandé Mayra.

Walker avait pris un virage si vite que les pneus avaient crissé.

— Aucune idée. On roule, c'est tout.

Il avait grillé un feu rouge. Ses yeux s'étaient remis à briller étrangement.

— Au fait... avait dit Mayra d'un ton méfiant, si c'est la voiture de ta mère, qu'est-ce qu'elle faisait sur le parking du centre commercial ? C'est toi qui l'avais conduite jusque-là ?

— Ouais.
— Alors pourquoi tu as reculé le siège ?
Walker avait ri, d'un rire qu'elle ne lui connaissait pas et qui faisait peur.
— D'accord, d'accord. Disons qu'on a emprunté la voiture de quelqu'un pour un petit moment.
— Walker ! Laisse-moi descendre !
— On la ramènera sur le parking. Je te le promets.
— Walker, comment est-ce que tu as pu...
Il avait haussé les épaules.
— J'avais envie, c'est tout. Ça ne t'arrive jamais, à toi, de faire quelque chose juste parce que tu en as envie ?
En tournant à toute allure à un embranchement, il avait manqué de justesse un taxi. Le chauffeur mécontent avait klaxonné plusieurs fois. Walker avait accéléré de plus belle.
— Ça, c'est de la voiture ! C'est au moins une six cylindres !
— Walker...
— Je sais, je sais. Je te le promets. On fait encore un petit tour et je la ramène sur le parking.
— Et pourquoi tu roules si vite, hein ?
Il n'avait pas répondu. Il venait encore de griller un feu rouge.
— Tiens, je ne l'avais pas vu, celui-là !
Quelques minutes plus tard ils roulaient à toute vitesse sur la petite route tortueuse de River Ridge qui surplombait la rivière. Tous les jeunes du lycée se retrouvaient à River Ridge le week-end.
— Allons voir un peu ce qui se passe là-bas, avait dit Walker.
— Freine ! avait hurlé Mayra.
Mais c'était déjà trop tard.
Elle avait aperçu des phares dans le virage. Puis elle avait vu la petite voiture jaune. Walker avait donné un coup de volant pour l'éviter, mais c'était trop tard.

On aurait dit un film au ralenti. Mayra savait ce qui allait se passer, mais elle ne pouvait rien faire. Elle n'avait même pas eu le temps de se cacher les yeux. Ils avaient heurté violemment la petite voiture jaune, dans un bruit assourdissant comme une explosion.

Il y avait eu une forte secousse, puis une autre un peu moins forte.

C'est alors qu'elle avait entendu les cris. Des épouvantables cris aigus qui venaient de l'autre voiture. Des cris qu'elle n'oublierait jamais.

Avec un affreux sentiment d'impuissance, elle avait vu la voiture jaune basculer dans le vide.

— Non ! Walker, non ! avait-elle hurlé sans même s'en apercevoir.

La Ford s'était enfin arrêtée. Mayra était restée immobile quelques instants, puis, réalisant qu'ils étaient tous les deux sains et saufs, elle avait bondi hors de la voiture et avait couru au bord de la corniche.

La voiture jaune s'enfonçait rapidement dans la rivière en faisant d'énormes bulles.

— Walker ! Il faut faire quelque chose ! avait crié Mayra. Walker !

Où était-il passé ? Elle s'était retournée. Il était resté assis dans la voiture et il lui faisait signe de revenir.

— Walker ! Vite ! Il y a au moins deux personnes dans cette voiture !

Où étaient les passagers ? Pourquoi ne sortaient-ils pas de la voiture ?

— Walker ! Il faut les aider ! Ils sont en train de se noyer !

Dans un dernier bruit de clapotis, l'eau avait englouti la voiture.

Mayra avait tout vu, depuis la corniche, paralysée par la panique.

— Sortez. Sortez de la voiture. S'il vous plaît... supplia-t-elle.

Elle avait vu, enfin, un homme remonter à la surface.
Ouf. En voilà déjà un, s'était-elle dit. On va sans doute pouvoir les sauver.

L'homme avait regagné le rivage, non sans peine. Il s'était hissé sur la berge en toussant et crachant. Il avait levé les yeux vers la corniche et avait aperçu Mayra.

— Walker, viens vite ! avait-elle appelé. Dépêche-toi ! Cet homme m'appelle, mais je n'entends rien !

L'homme lui avait fait des signes désespérés puis avait fini par replonger dans l'eau, probablement pour sauver une personne qui était encore coincée dans la voiture.

— Walker ! Il faut qu'on aille chercher du secours ! Walker !

En un clin d'œil il s'était retrouvé à côté d'elle. Mais au lieu de regarder ce qui se passait, il avait saisi son bras pour l'entraîner vers la voiture.

— Walker ! Mais qu'est-ce que tu fais ?

Sans répondre, il serra davantage le bras de Mayra.

— Mais tu me fais mal !

Sans prêter attention à elle, il l'avait traînée jusqu'à la voiture. Walker avait démarré à toute vitesse.

Et après...

Et après ?

Allongée sur son lit, les yeux fermés, Mayra fouillait sa mémoire. Que s'était-il passé après ? Elle se rappelait qu'elle pleurait. Elle pleurait et elle suppliait Walker de retourner sur la corniche.

Et après ? Qu'avons-nous fait après ?

Pourquoi ne me suis-je souvenue de rien jusqu'à ce soir ?

Les questions fusaient dans sa tête. Malgré tout, Mayra se sentait soulagée. Maintenant, elle savait pourquoi elle était si attirée par l'eau dans son étrange rêve. Elle savait ce qui la tourmentait, ce que son inconscient essayait de régler dans son sommeil.

Elle pensait qu'elle avait compris pourquoi elle avait rayé de sa mémoire cette affreuse nuit.

Elle pensait qu'elle avait tout compris.

Il ne lui restait plus qu'à le prouver.

Elle alluma sa lampe de chevet. Il était presque minuit, mais tant pis.

Elle composa le numéro de Walker et laissa sonner une fois, deux fois.

Walker décrocha. Il avait l'air endormi.

Il parut surpris lorsqu'elle lui demanda de venir la retrouver chez Mme Cottler le lendemain matin.

— Euh... Demain, je ne peux pas. Pourquoi pas plutôt...

— Demain soir, alors ? J'ai quelque chose d'important à te dire.

Il accepta aussitôt.

21

Walker était allongé dans l'herbe au bord du lac. Mayra était assise à côté de lui. Il l'attira vers lui pour qu'elle s'allonge. Il lui caressa la joue et s'approcha pour l'embrasser.

— Non, dit Mayra en le repoussant.

Elle regardait le lac gris.

La fraîcheur du soir rappelait davantage l'automne que l'été. Les arbres et les buissons n'étaient déjà plus que des ombres, de plus en plus opaques à mesure que la nuit tombait. À la hauteur de Fear Island, deux oiseaux descendirent en piqué vers l'eau. De minces nappes de brouillard s'installaient sur le rivage.

Cet après-midi-là, Mayra avait fait une longue sieste. Pour la première fois depuis plusieurs semaines, elle avait bien dormi. Mais elle n'avait pas eu l'impression d'être reposée quand elle s'était réveillée. Elle avait enfilé un jean délavé et un tee-shirt à rayures blanches et vertes puis était allée chez Mme Cottler.

Elle avait trouvé Hazel qui l'attendait sur le pas de la porte. Le temps qu'elle lui donne à manger et qu'elle arrose les plantes, Walker frappait à la porte. Il portait un jean et un pull gris. Il avait les cheveux en bataille.

Il était sur le point d'entrer dans la maison quand Mayra sortit et ferma la porte derrière elle.

— Il fait vraiment bon, ce soir, ça ne te dirait pas d'aller faire un tour au bord du lac ? avait-elle demandé.

L'air plutôt embarrassé, Walker l'avait suivie jusqu'au bord du lac.

Maintenant, Mayra était assise à côté de lui et elle l'observait. Toute la journée, elle s'était répété ce qu'elle devait lui dire, mais tout ce qu'elle avait pensé lui paraissait maintenant inadapté.

— Qu'est-ce qui ne va pas ? demanda Walker. Tu n'as pas l'air en forme. Tu as encore fait ce rêve ?

— Non.

Son regard se dirigea de nouveau vers le lac. Fear Island avait complètement disparu dans le brouillard.

— Tu as réussi à dormir un peu ? continua Walker, l'air inquiet.

— Non. Je n'arrive pas à dormir, mentit Mayra. J'ai trop peur de m'endormir.

— Tu as peur d'être somnambule, n'est-ce pas ?

— Oui. Chaque fois que je commence à m'endormir, je me force à me réveiller. Je... j'ai peur toutes les nuits. Je n'en peux plus, Walker. Je voudrais vraiment que tu m'aides à m'en sortir.

— Que je t'aide ? répéta-t-il en s'asseyant.

— Oui. Je voudrais que tu m'aides à me calmer.

— Tu veux dire...

— Je veux que tu m'hypnotises pour que j'arrive à me détendre un peu. Tu te rappelles, tu me l'avais proposé, une fois ?

— Oui. Je crois que je peux essayer, je ne sais pas. Je me suis pas mal entraîné, ces derniers temps...

Il se passa la main dans les cheveux.

— Ce n'est pas dangereux, hein ? demanda Mayra en se mordant la lèvre inférieure.

— Non, pas du tout. Je pense que je ne suis pas trop mauvais, en plus. Il y a deux ou trois mois, j'ai hypnotisé ma cousine Alice pour l'aider à arrêter de fumer. Je ne vois pas pourquoi l'hypnose ne serait pas la solution, pour toi.

— En tout cas, moi, je suis prête à essayer. Je ne sais vraiment plus quoi faire. Ça m'est venu à l'esprit hier soir. C'est pour ça que je t'ai appelé. Je me suis souvenue qu'une fois tu avais proposé de m'hypnotiser, alors je me suis dit que...

— C'est très simple, tu vas voir, dit-il en sortant un briquet de sa poche. Je vais commencer par t'endormir.

— Ah bon ? C'est comme ça ?

— Oui. Tu vas juste sentir que tu tombes de sommeil et que tu t'endors.

— Super ! Ça fait une éternité que ça ne m'est pas arrivé. Enfin... depuis que je travaille chez Mme Cottler.

— Elle rentre demain ou après-demain, c'est ça ?

— Oui.

— Il faudrait que tu arrêtes de travailler chez elle. Ce sort qu'elle t'a jeté... eh, au fait, j'espère que tu ne crois pas qu'une fois que tu auras été hypnotisée, le mauvais sort aura disparu ?

— Bien sûr que non. Je veux juste me détendre, c'est tout, dit Mayra en arrachant nerveusement des brins d'herbe.

D'accord, répondit-il avec un sourire rassurant. Dans quelques minutes seulement, Mayra, tu te sentiras beaucoup mieux. Pour commencer, je veux que tu détendes tous tes muscles. Oui, comme ça. Encore. Encore plus.

Mayra relâcha les muscles du cou et laissa tomber sa tête en avant.

Walker alluma le briquet.

— Maintenant je veux que tu regardes la flamme. Tu as peut-être déjà vu ça à la télé. Mais je te promets que ça marche. Maintenant, vide ton esprit. Concentre-toi sur la flamme. Concentre-toi entièrement sur cette flamme. Suis-la bien. Comme ça. Suis-la de ce côté, puis de ce côté.

Mayra suivait la flamme du regard, de gauche à droite,

de bas en haut. Ses paupières commencèrent à se fermer.

— Tu as sommeil. C'est bien. Laisse-toi aller, murmura Walker. Maintenant, tu vas fermer les yeux. Vas-y, endors-toi. Ferme les yeux. Quand tu les rouvriras, tu te sentiras bien. Tu seras calme, détendue, sereine.

Mayra ferma les yeux. Walker continua de parler pendant un bon moment. Mayra acquiesçait sans ouvrir les yeux, les bras immobiles le long du corps.

— Je vais bientôt te demander d'ouvrir les yeux, dit Walker à voix basse. Et quand tu ouvriras les yeux, tu te sentiras bien. Tu auras l'impression que tu n'auras jamais aussi bien dormi de ta vie. Et tu seras en paix avec toi-même. Tu auras oublié tout ce qui te tourmentait. Tu seras calme et détendue.

Les yeux à peine fermés, Mayra approuvait toujours d'un signe de tête.

Et quand tu ouvriras les yeux, continua Walker toujours à voix basse, tu continueras d'oublier cette nuit à River Ridge. Tu ne penseras plus à la voiture jaune. Tu ne te rappelleras pas l'accident, ni la voiture jaune, ni être allée à River Ridge avec moi. Quand tu ouvriras les yeux...

Mayra ouvrit les yeux et tout son corps se crispa. Elle se leva d'un bond et saisit Walker par le col.

— Ordure ! hurla-t-elle. J'en étais sûre ! Je savais que tu m'avais hypnotisée après cet horrible accident ! C'est ta faute... Depuis le début, tu sais que c'est à cause de ça que je suis somnambule !

22

Interloqué, Walker restait la bouche grande ouverte ; il avait les joues toutes rouges. Il commença à se lever, mais Mayra l'en empêcha. Elle se tenait devant lui et le fixait d'un regard furieux.

— Je suppose que tu as fait semblant de t'endormir, quand je t'ai hypnotisée, dit-il, la voix tremblante.

— Exact. Je voulais savoir ce que tu avais à dire.

— C'était un piège, alors ?

— Tu comprends vite. Pourquoi tu m'as fait ça, hein ? Tu n'avais pas le droit de m'hypnotiser, le soir de l'accident. Tu n'avais pas le droit de jouer avec ma mémoire.

— Mais tu serais aussitôt allée à la police, dit-il froidement. Je ne pouvais pas te laisser faire ça. Je ne pouvais pas te laisser gâcher notre vie à tous les deux à cause d'un accident idiot.

— Un accident idiot ? Mais si ça se trouve, il y a des gens qui sont morts dans cet accident ! On ne sait même pas combien ils étaient dans la voiture ! Et toi, tu es parti. Tu n'as rien fait pour les aider. Tu les as laissés se noyer.

— Une personne, dit-il en détournant le regard. Un homme est mort. Je l'ai vu dans le journal. L'autre type, le frère, est toujours en vie.

— Et moi, comment je pouvais le lire dans le journal,

hein ? lança-t-elle d'un ton amer en lui jetant une poignée d'herbes. Moi, je ne me souvenais même pas de cet accident, grâce à toi.

— Je n'avais pas le choix, Mayra. J'ai une vie passionnante qui m'attend et je ne veux pas tout gâcher à cause d'une malheureuse erreur de jeunesse.

— Une malheureuse erreur ! Mais tu es un assassin, Walker ! hurla Mayra, incapable de se maîtriser. Et pendant tout ce temps, tu savais très bien pourquoi j'étais somnambule. Tu savais ce qui me perturbait, pourquoi j'allais toujours vers le lac dans mon sommeil. Et si je n'arrivais pas à comprendre où était le problème, c'est parce que tu m'as hypnotisée cette nuit-là.

— Je t'ai juste hypnotisée pour te calmer. Tu étais d'accord, ajouta Walker sans la regarder dans les yeux. Et une fois que tu étais hypnotisée, j'ai décidé de... euh...

— Et pendant tout ce temps, tu m'as laissée croire que c'était cette pauvre Mme Cottler qui m'avait jeté un sort ! Elle avait bon dos, Mme Cottler !

Walker fixait le lac. Il ne bronchait pas.

— Tu ne tiens vraiment pas à moi, hein, Walker ? reprit Mayra. Tu t'en fous, hein ?

Il se leva d'un bond et fit quelques pas.

— Je sors avec Suki, dit-il. Tout le monde est au courant. Je suis juste resté avec toi pour être bien sûr que tu n'allais pas retrouver la mémoire.

Mayra serra les poings. Elle aurait voulu le frapper.

— Mais j'ai une mauvaise nouvelle pour toi, Walker. Parce que maintenant je me souviens de tout. Dans le moindre détail. Et je vais tout raconter à la police.

— Tu ne vas rien faire du tout.

Ses yeux se mirent à briller, de la même façon étrange qui avait effrayé Mayra lorsqu'il avait volé la voiture, le soir de l'accident.

Il avança soudain vers elle et la prit brutalement par la taille.

— Eh ! Lâche-moi ! hurla Mayra.

Il était beaucoup plus fort qu'elle ne l'aurait imaginé. Il la souleva et la porta jusqu'au petit pont en bois.

— Laisse-moi descendre ! Qu'est-ce que tu veux me faire ?

— Je ne peux pas te laisser aller à la police, fit-il d'une voix calme, beaucoup trop calme. Je ne peux pas te laisser gâcher ma vie. Je vais être magicien. Je serai célèbre. Je ne te laisserai pas m'en empêcher.

Elle essayait de se dégager mais il la serrait trop fort. Il lâcha Mayra dans le lac, s'agenouilla sur le pont et, lorsqu'elle refit surface, lui enfonça la tête sous l'eau.

Elle se débattait pour remonter, respirer.

— Walker, s'il te plaît...

— Désolé, dit-il, toujours du même ton calme. Tu aurais mieux fait de te laisser hypnotiser, ça aurait été beaucoup plus facile.

— Tu veux vraiment me noyer ? hurla-t-elle.

En guise de réponse, il lui replongea la tête sous l'eau et ne la lâcha plus.

23

Mayra donnait des coups de pied pour se dégager. Mais Walker lui maintenait fermement la tête. Elle essaya de se tourner sur le côté pour lui échapper. Mais il la serrait trop fort.

Ses poumons étaient sur le point d'éclater.

C'est la deuxième fois que je me noie dans ce lac, pensa Mayra.

Puis elle sentit la main de Walker la relâcher.

Elle remonta enfin à la surface.

Walker criait.

Que se passait-il ? Mayra regagna le rivage aussi vite qu'elle le put et sortit de l'eau en titubant.

Walker était en train de se débattre.

Elle se passa la main sur le visage pour écarter ses cheveux mouillés. Elle se frotta les yeux et respira à fond.

Hazel !

Le chat était perché sur l'épaule de Walker et lui griffait le visage et le cou en poussant des cris stridents.

— Dégage ! Va-t'en ! hurlait Walker.

Comment Hazel est-il venu jusqu'ici ? se demandait Mayra. Est-il sorti de la maison quand je suis partie avec Walker ?

À force de se débattre comme un diable, Walker finit par tomber à la renverse.

Sans attendre une minute de plus, Mayra profita de

l'occasion pour s'échapper. Elle commença de courir dans les hautes herbes, gênée par ses vêtements trempés.

Ses tennis glissèrent sur l'herbe. Elle tomba mais se releva aussitôt. Elle courait aussi vite que ses jambes le lui permettaient. Tout en courant, elle passait sa main sur ses poches pour s'assurer qu'elle avait les clés de Mme Cottler.

Avait-elle toujours les clés ?

Il fallait qu'elle entre dans la maison coûte que coûte. Il fallait qu'elle appelle la police.

Les clés. Les clés. Où étaient-elles ?

Oui ! Elle les sentit enfin à travers sa poche.

Elle eut l'impression de courir pendant des heures, mais moins d'une minute plus tard, elle était chez Mme Cottler, en train d'ouvrir la porte de derrière. Puis elle entra dans la maison, à bout de souffle, le cœur battant à toute vitesse. Elle ferma la porte à clé derrière elle et tendit l'oreille.

Elle n'entendait pas Walker ni le chat depuis la maison.

Le téléphone. Elle courut à la cuisine et appela la police.

Elle était hors d'haleine et elle dut tout répéter plusieurs fois, mais elle était à peu près sûre de s'être fait comprendre à l'autre bout du fil. La police arrivait.

Un peu soulagée, Mayra se laissa tomber sur une chaise.

— Eh !

Hazel était allongé sur le petit tapis devant l'évier. Il était en train de se lécher une patte.

— Mais qu'est-ce que tu fais là, toi ?

C'était incroyable. Deux minutes plus tôt, à peine, le chat était au bord du lac. Comment avait-il fait pour revenir à la maison ? On aurait dit qu'il était là depuis un bon moment.

Un caillou atterrit soudain au milieu de la cuisine dans un épouvantable bruit de verre cassé, coupant court aux questions de Mayra.

— Non ! cria-t-elle.

24

Terrifiée, Mayra vit une jambe entrer par la fenêtre, puis une deuxième. Walker était là. Il avait le visage couvert de sang et de griffures.

Il s'essuya la joue du revers de la manche et regarda Mayra d'un air mauvais.

— Tu ne vas pas m'échapper, cette fois.

— Trop tard, Walker, j'ai déjà appelé la police.

Il se tenait contre le mur et respirait bruyamment. Il s'approcha de Mayra. Le verre cassé craquait sous ses pas.

Des filets de sang lui coulaient le long des joues. Il avait un regard de fou.

— Tu n'aurais jamais dû faire ça.

Il fit encore un pas vers Mayra.

— Tu saignes, lui dit-elle.

Il s'essuya de nouveau le visage avec la manche de son pull.

— Tu n'aurais pas dû, répéta-t-il.

— Ne t'approche pas de moi, avertit-elle en cherchant un objet, n'importe quoi, pour se défendre. Tu veux que je te nettoie la figure ? Tu es plein de sang.

Elle essayait de l'amadouer par la gentillesse.

— Tu fiches notre vie en l'air, dit-il.

— Walker, est-ce que tu veux que je t'aide à te nettoyer la figure ?

Il ne parut pas entendre Mayra. Il avança encore un peu vers elle.

Hazel se leva tout d'un coup, les yeux rivés sur Walker. Il lança un miaulement strident et cracha.

— Je ne peux pas te laisser gâcher notre vie, répéta Walker.

Mayra aperçut derrière lui l'immense couteau de cuisine, posé à côté de l'évier.

Clac ! Clac ! Clac !

Elle entendait encore le bruit qu'il faisait le jour où Mme Cottler l'avait utilisé.

Pourquoi le couteau était-il resté là ? On aurait dit que quelqu'un l'avait laissé là exprès pour que Mayra puisse s'en servir.

— Ne t'approche pas, Walker, dit-elle.

Il fit encore un pas.

Il faut que je me défende, pensa-t-elle. Il est devenu complètement fou. Il a même essayé de me tuer tout à l'heure.

Mais comment est-ce que je peux attraper le couteau ? Il faudrait que je passe à côté de Walker.

En poussant un long cri, il se jeta sur Mayra. Elle fit un bond sur le côté et passa derrière lui en tendant le bras vers le couteau. Pris de court, il se retourna juste au moment où Mayra s'en emparait.

Il sourit de façon étrange.

Il s'essuya une nouvelle fois le visage. Il respirait de plus en plus fort.

— Qu'est-ce que tu veux faire avec ça, Mayra ?

Elle leva le couteau devant elle, surprise par son poids.

— Ne t'approche pas, dit-elle d'une voix tremblante.

— Qu'est-ce que tu veux faire avec ça ? répéta-t-il en avançant vers elle.

— Je ne plaisante pas, Walker. Recule.

Elle leva le couteau plus haut.

— Qu'est-ce que tu veux faire, hein ?

Il courut sur elle, la prenant au dépourvu.

Elle savait qu'elle ne pourrait pas se servir du couteau, il était beaucoup trop lourd.

— Qu'est-ce que tu veux faire avec ça ? hurla-t-il.

Il essaya de le lui arracher des mains :

— Non ! cria Mayra. Dégage ! Non !

Elle n'aurait jamais cru que Walker était aussi fort. Elle n'avait plus assez de forces pour tenir le couteau. Il le lui prit.

— Non ! cria-t-elle, affolée.

De toutes ses forces, elle lui donna un coup de poing dans l'estomac et s'enfuit comme une bombe dans le couloir, vers la porte de devant. Elle entendait Walker juste derrière elle.

— Non !

Il fallait qu'elle sorte.

Elle ouvrit la porte.

Elle poussa un cri.

C'était Cal.

Il était sur le pas de la porte. Il la regardait. Il avait l'air de bouillir de rage. Il avait des béquilles. Derrière lui, elle vit une camionnette rouge garée dans la rue.

La camionnette rouge de Cal.

C'était donc lui qui avait foncé sur Donna !

Je suis cernée, pensa-t-elle.

Je suis perdue...

25

Cal la fixait d'un œil méchant, le visage écarlate. Il était campé devant la porte, jambes écartées.

— Qui êtes-vous ? Qu'est-ce que vous voulez ? cria Mayra.

Walker, qui suivait Mayra, s'arrêta net quand il vit le regard de Cal.

— Mais qui êtes-vous ? Qu'est-ce que vous voulez, à la fin ? Dites quelque chose ! répéta Mayra.

À sa grande surprise, Cal la poussa sur le côté et se dirigea tout droit vers Walker.

— Tu as tué mon frère ! hurla-t-il.

L'air paniqué, Walker leva le couteau de cuisine.

Cal frappa violemment le couteau avec une de ses béquilles et le lui fit tomber des mains. Il se jeta sur Walker, l'allongea par terre et lui mit une béquille en travers du torse.

— C'est toi qui as tué mon frère !

— Arrêtez ! Je... je ne peux plus respirer, gémit Walker.

Cal fit la sourde oreille. Ses muscles se gonflaient sous sa peau tandis qu'il maintenait Walker au sol à l'aide de sa béquille. Il jeta un coup d'œil à Mayra, qui restait interdite devant la porte.

Cal appuya sa béquille contre la gorge de Walker.

— Ne le tuez pas ! fit Mayra. Ne le tuez pas... s'il vous plaît !

— Dire que je croyais que c'était ta faute ! dit Cal sans

prêter attention aux supplications de Mayra. Et puis ce soir j'étais dans le jardin. Je t'ai entendue crier au bord du lac, et j'ai compris. J'ai compris que c'était lui qui avait tué mon frère et qui s'était enfui. J'ai tout entendu. Et après je l'ai vu, qui essayait de te noyer. Je suis descendu vers le lac pour t'aider, mais je ne marche pas vite avec ces béquilles. Heureusement que tu as pu te sauver.

— S'il vous plaît... Lâchez-moi ! suppliait Walker. Je ne ferai rien... je vous le jure.

Cal l'ignora.

— Vous voulez dire que... commença Mayra.

Elle s'interrompit car elle entendit un bruit à la porte. Elle se retourna et vit deux agents de police. Ils avaient tous les deux la main sur leur revolver, prêts à dégainer. Ils entrèrent dans la maison.

— Qu'est-ce qui se passe, ici ? demanda l'un d'eux.

Cal relâcha aussitôt Walker et se redressa, s'appuyant sur sa canne. Walker ne bougea pas. Les policiers se penchèrent sur lui.

— Ça va, gamin ?

— Alors, c'était vous, dans la voiture jaune ? demanda Mayra à Cal, soulagée d'être en sécurité et contente de pouvoir entendre le reste de l'histoire.

— Oui, avec mon frère Jerry, répondit Cal, encore tout essoufflé. Je t'ai vue sur la corniche. Je croyais que c'était toi qui conduisais. Je croyais que tu allais venir m'aider à sortir Jerry. Et puis tu es partie.

— Mais je voulais vous aider, dit Mayra. C'est Walker qui ne voulait pas.

— Mon frère s'est noyé. Après, je suis devenu à moitié fou. Je n'arrivais pas à t'oublier. Je croyais que c'était toi qui avais tué mon frère, alors je voulais te retrouver.

— Je suis désolée...

Les deux policiers échangèrent un regard. Ils ne comprenaient pas le moindre mot de cette histoire.

— Et puis un jour en sortant de chez moi, je t'ai vue arriver chez Mme Cottler, reprit Cal. Je n'arrivais pas à croire que je t'avais retrouvée. Ça fait longtemps que je la connais, Mme Cottler, alors je lui ai dit que je t'avais vue, que j'avais besoin d'une baby-sitter pour garder ma petite nièce, et elle m'a tout de suite donné ton adresse.

— Et après vous avez essayé de me tuer avec votre camionnette ? demanda Mayra, qui se sentait faiblir.

— Je croyais que c'était toi, dans la voiture. Je voulais seulement te faire peur, répondit Cal. Mais la route était mouillée et j'ai dérapé. Je ne voulais blesser personne. Je me suis retrouvé à l'hôpital avec une fracture de la cheville et un genou tordu. C'est pour ça que j'ai des béquilles.

— Et moi qui vous ai pris pour un fou quand je vous ai vu à l'hôpital ! s'exclama Mayra.

— Tu n'avais peut-être pas tort. Dire que depuis le début j'ai cru que c'était ta faute... Mais c'est vraiment difficile depuis... depuis que Jerry est mort.

— Vous pourriez arrêter de jacasser tous les deux et nous expliquer ce qui se passe ? demanda un des policiers d'un ton impatient.

— C'est que... c'est une longue histoire, dit Mayra.

26

Une semaine plus tard

— Bon, j'avoue. J'ai été un vrai pot de colle.

— Entièrement d'accord avec toi, dit Mayra.

Link lui lança un de ses regards de chien battu.

— Mais je ne voulais pas t'embêter, souffla-t-il.

— Je sais. Les pots de colle n'ont jamais l'intention d'embêter les autres, plaisanta Mayra.

— Mais si j'étais comme ça, c'est parce que je tenais à toi, c'est tout.

Mayra éclata de rire.

— Attends, attends, tu es en train de me dire que, finalement, c'était à cause de moi si tu me suivais partout ?

— Exactement.

Il s'approcha d'elle sur le divan et lui passa un bras autour des épaules.

— Ah ! Je te retiens, toi ! soupira-t-elle.

— Comment ? Je n'ai pas bien entendu. Tu as bien dit « Je tiens à toi » ?

— Non. Comment veux-tu que je tienne à toi ? Tu es tellement casse-pieds !

Il prit doucement le visage de Mayra entre ses mains et l'embrassa.

— Bon, il est possible que je tienne un tout petit peu à toi quand même.

Il l'embrassa encore, longtemps.

— Peut-être que j'aime bien les pots de colle, finalement. Bon, il faut que j'y aille, ajouta-t-elle en regardant sa montre. Je dois passer chez Mme Cottler. Elle est rentrée. Elle m'a dit de passer prendre mon chèque.

— Ton chèque ! Génial, tu vas pouvoir m'inviter à manger ! plaisanta Link en la suivant. Allez, viens, je t'emmène chez Tante Lucy.

Ils sortirent de la maison. Link courut vers la camionnette rouge dans l'allée.

À la vue du véhicule, Mayra s'arrêta net.

— Tu as dû me prendre pour une folle quand je t'ai demandé si c'était toi qui avais voulu me foncer dedans ?

— Non, pas du tout.

Il revint vers elle et lui prit la main pour la conduire vers la camionnette.

— N'oublie pas que je suis un pot de colle ! reprit-il. Alors un pot de colle qui traite une folle de folle... ça ne se fait pas !

— Et ta sœur, elle doit penser que je suis complètement cinglée ! Je l'ai pratiquement traitée de sorcière !

— Je lui ai tout raconté, dit Link en lui ouvrant la portière.

— Et qu'est-ce qu'elle a dit ?

— La même chose que toi : que tu es complètement cinglée !

Il éclata de rire.

Il est si beau quand il rit, se dit Mayra.

— Stéphanie est impatiente de te revoir, dit Link.

Il démarra et sortit de l'allée.

— Mais elle était vraiment en train de jeter un sort ou quelque chose comme ça quand je suis entrée dans sa chambre, cet après-midi-là ! protesta Mayra.

— Tu sais bien qu'on a toujours été intéressés par les sciences occultes, ajouta Link. Ça doit être à cause de Tante Lucy.

— Mme Cottler, elle fait vraiment de la sorcellerie ?

— Quoi ! fit-il en regardant Mayra, l'air interloqué.

— Regarde la route !

— Tante Lucy ? De la sorcellerie ? Tu rigoles ? C'est un professeur réputé. Elle a un doctorat et tout. Elle enseignait la théorie des sciences occultes dans plusieurs universités jusqu'à ce qu'elle prenne sa retraite, il y a deux trois ans. Elle a écrit une bonne douzaine de livres sur le sujet !

Mayra ne put s'empêcher de rire.

— Je me suis un peu fourré le doigt dans l'œil !

Quelques minutes plus tard, ils arrivèrent chez Mme Cottler, qui avait l'air toute contente de les voir.

— Je ne vais pas vous retenir longtemps ! Il fait si beau aujourd'hui, vous avez mieux à faire que de rester auprès d'une vieille radoteuse comme moi !

Elle tendit son chèque à Mayra.

— Oh, j'allais oublier ! dit-elle. J'ai quelque chose pour toi.

Clopin-clopant, elle disparut dans la pièce voisine. Elle revint peu de temps après et tendit une boîte à Mayra.

— C'est ton collier. Je l'ai réparé pendant que j'étais chez ma sœur. Je suis désolée d'avoir mis autant de temps. J'espère que tu n'as pas cru que je te l'avais volé, au moins ?

Mayra regarda son collier d'un œil admiratif.

— Vous avez fait du beau travail ! Merci beaucoup !

— Tu sais, Mayra, j'attends lundi avec impatience pour que tu me fasses la lecture. Tu lis vraiment très bien. Peut-être que nous commencerons un nouveau livre.

— Chouette ! s'exclama Mayra. Et toi, Hazel, qu'est-ce que tu en penses ?

Elle se pencha vers le chat, qui était allongé au soleil devant la fenêtre de la cuisine.

Drôle de chat, pensa Mayra.

Comment est-il descendu jusqu'au lac pour me sauver ? Et comment a-t-il fait pour rentrer à la maison avant moi ?

Elle regardait Hazel, qui tourna la tête et regarda Mayra à son tour.

C'est sans doute un mystère que je ne m'expliquerai jamais, se dit Mayra. Puis elle sortit de la maison avec Link et ils repartirent, par Fear Street.

Déjà parus dans la collection Peur Bleue

Kate Daniel

Le cauchemar d'Alice - n° 5649
Témoins à charge - n° 5769

Carol Ellis

Portrait-robot - n° 5708

Diane Hoh

Voleuse de vie - n° 5549

Cristopher Pike

Un squelette sous la mer - n° 4520
Week-end fatal - n° 4525
Scénario macabre - n° 4532
Dernier acte - n° 4620
La chaîne de la mort - 1 - n° 4644
La chaîne de la mort - 2 - n° 4723

Nicholas Pyne

Terror Academy 1 - Court-jus - n° 5030
Terror Academy 2 - Sous le choc - n° 5083
Terror Academy 3 - Seize printemps - n° 5200
Terror Academy 4 - Cours du soir - n° 5290
Terror Academy 5 - Panique au collège - n° 5363
Terror Academy 6 - Fou à lier - n° 5443

T.S. Rue

L'auberge de l'horreur - n° 6019
Chambre n° 13 - n° 6020

Michael Scott

La lune des sorcières - n° 5686
La lune des loups-garous - n° 5701
L'antre de l'enfer - n° 5792

Sinclair Smith

Le jour où je suis morte - n° 5479

R.L. Stine

La chambre condamnée - n° 4519
La tombe sauvage - n° 4530
Halloween party - n° 4622
Dans la peau d'une autre - n° 4671
Malédictions 1 - La trahison - n° 4768
Malédictions 2 - Le secret - n° 4833
Malédictions 3 - Le brasier - n° 4896
Le bal de la mort - n° 4900
Lettres anonymes - n° 4939
Dans le silence de la nuit 1 - n° 5004
Dans le silence de la nuit 2 - n° 5046
Chambre noire - n° 5084
Tapi dans l'ombre - n° 5113
La confession - n° 5222
Les murs ont des oreilles - n° 5242
Le baiser de la mort - n° 5344
Portrait d'outre-tombe - n° 5381
Le garçon d'à côté - n° 5448
Sous hypnose - n° 5517
Camping sauvage - n° 5518
Les araignées tueuses - n° 5574
Premier rendez-vous - n° 5575
Secrets interdits - n° 5650
Le Labyrinthe infernal - n° 5659
La vie en noir - n° 5660
Sous le signe de la peur - n° 5672
La maison du diable 1 - n° 5687
La maison du diable 2 - n° 5702
La maison du diable 3 - n° 5709
L'élixir de la mort - n° 5770
Folle furieuse - n° 5793
Le regard du loup - n° 5816
Danse mortelle - n° 5815
Le Coffre de la chambre verte - n° 5836
Faux numéro - n° 5918
Un poignard dans la nuit - n° 5928
Menaces de mort - n° 6000
Disparitions mystérieuses - n° 6021

Richie Tankersley Cusick

Le maître de l'horreur - n° 5671

5939

Composition Jouve
Achevé d'imprimer en Europe (Allemagne)
par Elsnerdruck à Berlin le 17 août 2001.
Loi n° 49-956 du 16 juillet 1949
sur les publications destinées à la jeunesse.
Dépôt légal août 2001. ISBN 2-290-31162-6

Éditions J'ai lu
84, rue de Grenelle, 75007 Paris
Diffusion France et étranger : Flammarion